KB000756

나만 아픈 게 아니었어

소설가 김현이 만난 독서치료

나만
아픈 게
아니었 어

김현 지음

글누림

사는 동안 간혹 예상치 못했던 복병을 만날 때가 있다. 일상이 틀어지고 삶에 균열이 생기는 어려움은 여러 가지 형태로 나타난다. 치명적인 병마가 찾아오거나 사업이 망하거나 때론 믿었던 사람으로부터 뒤통수를 맞기도 한다. 그럴 때 대개의 사람들은 슬퍼하고 절망하고 분노한다. 때로는 가망 없는 기대와 터무니없는 희망 사이를 오가기도 한다.

독서치료를 만날 즈음의 내가 그랬다. 나는 너무 많이 지쳐 있었고 위로가 필요했다. 집안의 경제 형편은 롤러코스트를 탄 것처럼 내리막길로 치닫고 있었고 나는 원인도 모르고 계속 몸이 아팠다. 가족들은 저마다의 문제에 함몰되어서 전전긍긍했다. 더 이상 물러설 곳이 없는 낭떠러지 끝에 선 기분이었다.

돌파구를 찾아 기도도 하고 책도 읽고 명사들의 강연도 들어봤지만 어디에서도 내 문제를 해결해주지는 못했다. 며칠을 뜬눈으로 새우다 보면 이러다 내가 미치는 게 아닐까 싶어 두려웠다.

그러다가 우연히 독서치료를 알게 되었다.

'책 읽기를 통한 마음 치유'라는 슬로건에 호기심이 생겼다. 여기라면 뭔가 해결점을 찾을 수 있을 것 같았다. 나는 지체 없이 문을 두드렸다. 그러나 처음부터 만족스러운 것은 아니었다. 책을 읽는 단계까지는 문제가 없었지만 여러 사람들 앞에서 내밀한 나의 이야기를 하는 것은 쉽지 않았다. 이런 말을 하면 나를 어떻게 볼까 하는 부담감도 있었다. 내 마음이 어떤 상태인지 정확하게 알지도 못했다. 그랬는데 얼마 지나지 않아 놀랄 만큼 자신의 내면을 솔직하게 열어 보이는 다른 참여자들을 보며 마음이 움직였다. 나도 어느새 굳게 잠긴 마음의 빗장을 풀게 되었다. 시간이 흐르고 수업이 진행되는 만큼 나 자신이 변화되고 있다는 것이 느껴졌다. 돌덩이처럼 짓누르고 있던 분노나 절망감, 열패감 같은 감정들이 사라지고 바닥을 치던 자존감도 서서히 회복되었다. 새로 태어난 기분이라고 해도 과언이 아니었다.

만약 값도 싸고 맛도 좋은 식당을 알고 있다면 누구라도 여러 사람에게 알려주고 싶을 것이다. 나에게 독서치료가 그렇다. 독서치료 프로그램을 하면서 나는 분노를 적절하게 조절하는 방법을 배웠고 잠을 자게 되었고 위도 회복되었다. 내 아이들을 좀 더 이해하려고 노력하게 되었고 타인을 바라보는 눈도 달라졌다. 온전하게는 아니지만 내게 상처를 주었던 사람들과도 그런대로 잘 지내고 있다.

프로그램을 진행하면서 학교와 사회복지관, 여성단체, 소년시설, 도서관, 등에서 다양한 연령층의 참여자들과 만났다. 그분들과 때로는 함께 울고 웃고 아파 하며 고통의 지점들을 통과했다. 그중에는 오래도록 잊히지 않는 참여자도 있다. 걱정이 되지만 잘 지내고 있으리라 믿고 싶다.

강사와 참여자의 관계로 그분들과 만났지만 정작 배우고 위로 받는 쪽은 오히려 나였다. 이 모양 저 모양으로 버텨 내고 이겨 내는 모습에서 아, 이러했겠구나, 저러했겠구나 하고 무릎을 쳤던 적이 얼마나 많았는지 모른다. 참여자의 사연을 듣고 마음이 아프고 감동해서 눈물을 흘린 적도 여러 번이다.

처음 시작할 땐 마음의 문을 꼭 닫고 있던 참여자들이 프로그램이 진행되는 중에 자신을 열어 보일 땐 가슴이 촉촉해지고 눈시울이 뜨거워지곤 했다. 이 책은 그분들과 나와의 진솔한 고백이며 더딘 여정의 기록이다.

나는 학자도 아니고 의사도 아니다. 단지 상처 입은 치유자로서 독서치료를 조금 먼저 알았을 뿐이다. 책을 내기까지 많이 망설였다. 그런데도 출간을 결심한 데에는 독서치료를 널리 소개하고 싶은 마음이 컸기 때문이다. 지금도 어느 후미진 그늘에서 마음의 상처로 인해 고통 받고 있을 그분들에게 한 줄기 빛이 되기를 바라는 마음에서다.

독서치료를 통해 만난 분들 중에 고마운 분들이 많다. 그중에서도 단연 김경숙(부산대학교 평생교육원 독서심리 상담사 과정 책임강사) 선생께 감사드린다. 내가 길고 어두운 터널을 지날 때 묵묵히 같이 걸어준 사람이다. 그는 나의 친구이며 동지다.

각 장마다 내용에 상응하는 그림으로 『나만 아픈 게 아니었어』를 한층 풍성하고 의미 있게 만들어주신 안기호 작가께 깊은 감사를 드린다.

흔쾌히 출간을 맡아준 출판사 글누림과 편집을 맡아준 분들께도 감사한 마음을 전한다.

그리고 이 책이 나올 수 있도록 오래전부터 예비하시고 나를 단련시키신 하나님께 머리 숙여 감사드린다.

차례

안기호, <향연(봄소풍 1)>, oil on canvas, 162×130

1

부모를 정할 수 있는
선택권은 없다

성장의 아픔

부모를 정할 수 있는
선택권은 없다

성장의 아픔

어느 여행객이 낯선 도시에 내렸는데 흙냄새가 너무 좋더란다. 그래서 흙에게 어떻게 하면 이렇게 좋은 냄새를 낼 수 있느냐고 물어보았다. 그랬더니 좋은 향을 가진 장미 곁에 있어서 자신에게도 좋은 냄새가 배었다고 했단다. 누군가에게서 들었던 말이다. 사람도 역시 마찬가지일 것 같다.

외가댁은 나에게 장미향이 배인 흙과 같다. 유년의 아름다운 추억을 심어 주었으며 외숙모님과 사촌들은 사람 사이의 진정한 정을 알게 해주었다. 내 살과 뼈를 키운 곳은 아니지만 외가댁은 영혼을 살찌운 정신의 고향이며 풀냄새 풍기는 향기 주머니다. 내 몸속에 배인 외가댁에서의 추억들은 지금도 여전히 발효 중이다.

유난히 정이 많았던 외숙모님은 언제나 무엇이든 많이 먹으라고 권했다. 매번 방학 때마다 겨울에는 엿을 고아서 강정을 만들어 놓고 여름에는 찬 우물물에 미숫가루를 타냈다. 복숭아나 포도 딸기 등, 지천에 널려 있는 과일들도 좋은 주전부리였다. 어느 해인가는 포도를 너무 많이 따먹어서 나중에는 목 위로 올라오기까지 했다. 그때는 왜 저렇게 자꾸 먹으라고 하는지 이상했다. 그것이 외숙모님만의 사랑 방식이라는 것을 알았을 때는 세월이 훌쩍 흐른 뒤였다. 작은 키에 동그란 얼굴의 외숙모는 피부가 박속같이 고와서 박꽃댁이라고 부르기도 했다던가. 박꽃처럼 단아한 모습에 외삼촌이 한눈에 반했다고 들었던 기억도 난다.

외숙모님이 편찮으시다는 소식을 들었다. 가봐야지 하면서도 차일피일 미루었는데 오래가지 못할 것 같다는 말을 듣고 급하게 시간을 냈다.

예전에는 완행열차를 타고 다녔지만 이번에는 당연히 승용차를 이용했다. 모처럼 열차에서 파는 찐 달걀이나 사이다를 사 먹어 보고 싶은 마음도 있었지만 역까지 나가야 하는 번거로움을 참지 못하고 편한 길을 택했다. 그러면서 속으로 언제부터 이렇게 게을러졌나 싶어 겸연쩍어졌다.

김해를 거처 삼랑진까지 가는 동안 나는 계속 차창을 열어 놓았다. 뺨을 스치는 적당히 더운 바람이 기분 좋았다. 잠깐, 방학을 맞아 외가에 가던 어린 시절로 돌아간 듯한 감상에 젖었다. 초등학생이었던 그때와 크게 달라진 건 없었다. 있다면 흘러가는 바깥 풍경과 이제는 늙어버린 사람들일 터였다.

외숙모와 나이 차가 많이 났던 외삼촌은 오래전에 돌아가셨다. 다리가 아파 8년을 방에서만 지내다 가셨다. 생전에 금슬이 좋았던 부부인지라 외숙모는 한동안 식음을 끊고 슬퍼했다. 그 일로 마음을 심하게 다쳤던지 시름시름 앓은 끝에 치매가 왔다. 그 곱고 얌전하던 분이 한순간에 딴 사람이 된 듯 심술을 부리고 대소변을 못 가리고 사나워졌다고 했다. 외갓집으로 들어가는 탱자나무 골목에 이르자 연모하던 정인(情人)을 만난 것처럼 가슴이 설레고 숨이 차올랐다. 방학 때만 되면 어김없이 달려오곤 했던 곳이었다. 여기서부터는 눈을 감고도 찾아갈 수 있다. 탱자골목을 지나면 보리밭이 나오고 보리밭을 지나면 딸기밭이 나오고, 딸기밭을 지나면 당산나무가 있고 그다음에는 다리가 있고……. 내 유년의 기억은 온통 외갓집에서의 일들로 채워져 있다. 한 여름 개울에서 멱을 감다 죽을 뻔했던 일. 얼어붙은 겨울 논에서 썰매를 타다 미끄러졌던 일. 그리고 일일이 다 기억할 수 없는 수많은 추억들.

외갓집에 도착한 나는 아래채 방문을 먼저 열어 보았다. 어린 시절, 이 방에서 뒹굴고 놀던 때가 마치 어제인양 생생했다. 외사촌 언니나 오빠들은 모두 결혼하여 도시로 나가고 주인 없는 방에는 거미줄까지 쳐져 있었다. 빈 방에서 곰팡이 냄새가 훅 끼쳐 왔다.

외가댁을 생각하면 또 하나 잊지 못할 장면이 떠오른다.

성인이 되어서 휴일을 택해 친구들과 외가댁 근처로 소풍을 갔는데 거기서 한 친구가 이해할 수 없는 행동을 했었다. 모처럼 만의 자유로움과 시골의 정취에 흠뻑 취해 우리들은 누가 먼저랄 것도 없이 노래까지 흥얼거렸다. 하늘에 떠 있는 뭉게구름에게 손을 흔들며 안녕이라고 인사하고 싶을 만큼 우리들은 한껏 들떠 있었다.

한참을 그렇게 걷다 보니 눈앞에 옥수수 밭이 나타났다. 고른 치아처럼 가지런하게 알이 박힌 옥수수는 보기에도 먹음직스러웠다. 나도 모르게 주위를 두리번거렸다. 가끔 국도를 지나다 보면 솥을 걸어놓고 옥수수를 삶아 파는 광경을 봤던 기억이 나서였다. 아쉽게도 그날은 아무 데도 보이지 않았다. 서운한 마음을 접고 고개를 돌리는데 한 친구가 말릴 틈도 없이 옥수수 밭으로 뛰어 들어갔다. 그리고는 순식간에 예닐곱 자루나 되는 옥수수를 꺾어 왔다. 옥수수를 꺾어온 친구는 개선장군 같은 표정이었지만 우리들은 어떻게 해야 할지 몰라 서로를 멀뚱히 쳐다보고만 있었다. 어색한 분위기를 모면해보려는 마음에서였는지 친구 한 명이 맛있겠다는 말을 했지만 누구도 대답을 못했다. 섬광처럼 엄마가 여러 번 해주었던 이야기가 떠올랐다. 어느 사형수가 죽기 전에 꼭 보고 싶은 사람이 있느냐는 물음에 자신의 엄마가 보고 싶다고 했다. 죽기 전에 엄마가 보고 싶은 것은 사람이면 당연한 거라 여겼는데 이유를 물어보니 그게 아니었다. 사형수는 이를 갈며 자신의 엄마를 원망했다. 가난했던 어린 시절, 배가 고파 남의 밭 고구마를 캐 갔더니 엄마가 좋아하며 더 가져오라고 했단다. 철모르던 사형수는 엄마를 기쁘게 해주기 위해 더 큰 도둑질을 했고 결국

강도죄로 사형수가 되었다는 것이다. 이 이야기를 해주며 티끌 한 점도 남의 것을 탐해서는 안 된다고 못 박던 엄마의 굳은 표정이 떠올랐다.

오랜 옛날부터 시골에는 서리라는 풍습이 있었지만 지금은 세상이 달라졌다. 긴 겨울밤, 동네 친구들끼리 그들 중 누군가의 밭에서 고구마를 캐 구워 먹거나 수박 한 덩이를 따서 나눠 먹는 광경은 오히려 정겨운 장난에 지나지 않았다. 그런 정도는 어른들도 으레 모른 척 눈감아 주었다. 아이들의 애교로 여긴 것이다. 그러나 그날 서슴없이 남의 밭에 들어가 옥수수를 딴 친구의 행동을 그 옛날의 서리로 보기에는 곤란했다. 세상이 달라진 것도 그렇지만 옥수수 밭은 우리들 중 어느 누구의 밭도 아니었기 때문이다. 더욱 놀라운 것은 조금도 쑥스러워하거나 민망해하는 기색 없이 이 정도 가지고 뭘 그래? 하는 듯한 친구의 태도였다. 하긴 민망해했다면 처음부터 그런 행동을 하지도 않았을 터였다. 따온 옥수수를 선심 쓰듯 반 강제적으로 가방에 넣어줘서 마지못해 가져오긴 했지만 전혀 먹을 기분이 아니었다. 이리저리 뒹굴다 결국 쓰레기통 속으로 사라지고 말았다.

독서치료 프로그램에서 만났던 송희 씨의 어린 시절은 불행 그 자체였다. 10대에 송희 씨를 낳은 부모는 무능하고 무책임했다. 아버지는 공사장의 일용직으로 일했는데 그마저 성실하지 못했다. 한 달에 열흘 정도 일을 나갔는데 나머지는 집에서 빈둥거리며 시간을 보냈다. 술은 거의 매일 마셨고 많이 마신 날은 물건을 집어던지고 고함을 지르며 폭력을 행사했다. 매일이다시피 부부싸움이 벌어졌고 그 와중에 송희 씨와 동생은 두려움에 떨어야 했다. 동생은 그나마 어려서 피할 수 있었지만 송희 씨도 아버지에게 무차별 폭행을 당하는 일이 비일비재했다. 집안은 늘 어두운 공기가 흘렀고 아버지를 제외한 다른 가족들은 하루하루를 불안 속에서 지내야 했다. 그러는 중에 어느 날 엄마가 가출하고 말았다. 그 뒤부터는 생각조차 하기 싫다며 송희 씨가 오열했다. 엄마가 가출하고 한 달 정도 지나자 아버지도 말 한마디 없이 집을 나가고 말았다. 하루아침에 고아가 된 송희 씨와 동생은 잠시 고모 집에서 생활하다가 작은집으로 옮겨졌다가 이리저리 떠돌아다녔다. 그 당시 송희 씨는 초등학교 4학년이었고 동생은 1학년이었다. 시간이 길어지자 친척들도 노골적으로 싫은 티를 냈다. 밥 먹는 것이 눈치 보여서 일부러 배가 부르다고 한 적도 있었다. 이후에도 여러 곳을 전전하다 마지막으로 외할머니가 계시는 섬으로 가서 열여덟 살까지 살았다. 아버지는 1년에 한 번 정도 송희 씨 남매를 보러 왔는데 언젠가는 아버지보다 훨씬 나이 들어 보이는 여자를 데리고 왔다. 아버지는 새엄마가 될 분이라며 인사를 시켰다. 아버지가 같이 살 준비를 하고 있으니 조금만 더 기다리라는 말도 했다. 그러나 그날이 아버지를 본 마지막이었다. 송희 씨는 성인이 되고부터 도시로 나와 직장에 다니며 동생하고 살고 있었다.

　40대 초반인 송희 씨는 그때까지 미혼이었는데 자기 부모처럼 될까 봐 결혼해서 아이를 낳는 것이 겁이 난다고 했다.

성인이 되어서 발생하는 정신적, 성격적 장애는 어린 시절에 받은 상처의 영향 때문이라고 한다. 부모로부터 학대를 받고 자란 아이들 중에 많은 수가 어른이 돼서 폭력을 휘두른다는 통계도 있다. 자신의 의지와는 상관없이 어른들로부터 받았던 폭력이나 상처를 그대로 두게 되면 결국엔 어른이 되어서도 문제를 일으킨다. 그럴 때마다 가장 가까운 가족인 배우자나 자녀들이 당하는 고통은 실로 크다.

소년 시설에서 만났던 어린 엄마도 잊히지 않는다. 어린 엄마는 19살이었는데 그 나이에 이미 4살과 2살배기 아들을 두고 있었다. 어린 엄마와 어린 아빠는 두 사람 다 어릴 때 가출해서 또래들과 어울려 다니면서 살았다. 정해진 거주지가 없었고 아무 데나 하룻밤 자는 곳이 집이었다. 놀라운 점은 그 애들이 집을 나와서 10여 년이 지나는 동안에도 가족들이 아이들을 찾지 않았다는 것이다.

그들은 아무런 준비 없이 부모가 되었다. 어린 엄마는 아이를 낳기 전부터 일주일에 5일을 하루에 소주 4병씩 마셨는데 아이를 낳고도 그대로 이어졌다. 친구들을 만나면 아무도 없는 방에 아이를 혼자 방치해 두고 밤을 새기도 했다. 어린 아빠도 마찬가지였다. 엄마가 소년원에 들어온 이유는 술을 마시고 말싸움 끝에 저지른 폭행 때문이었다. 더욱 딱한 사정은 아이의 아빠도 엄마가 들어와 있는 소년 시설의 옆 동에 있었다. 아이는 맡길 데가 없어서 결국 보호 시설에서 돌보고 있다고 했다. 아이의 엄마는 이런 사정을 웃으며 이야기했다. 아무런 죄책감 없이 이야기를 하는 그녀의 표정이 너무 밝아서 내가 오히려 황망하기만 했다.

　니콜 파브르의 『상처받은 아이들』은 읽기 힘들었다. 책 속에 나와 있는 많은 사례들 중에서 내 자신이, 혹은 내 아이가 그런 생각을 하고 있었을지도 모르겠다는 상상을 하면 더욱 마음이 무거웠다. 제목대로 혹시 나의 잘못된 말이나 행동들이 내 자식들에게 상처와 혼란을 주지는 않았을까 되돌아보기도 했다.

　임상 실험 과정에서 얻어진 자료들을 바탕으로 했다는 설명대로 책 속의 일들은 전부 다 우리 이웃에서 벌어지고 있는 일들이었다. 나와는 상관없는 먼 나라 얘기가 아니라 어쩌면 어제저녁 오늘 아침에 나와 내 자식들 사이에서 벌어진 일일 수도 있다. 내 부모가 무심코 나에게 했던 행동과 말들일 수도 있다.

　평범한 말이지만 세상에 완벽한 사람이 어디 있을까 해도, 정도의 차이는 있을 것이다. 그렇다면 과연 나는 중간 점수의 부모라도 되는 것일까. 깊이 고민해봐야 할 것 같다.

안기호, <생명의 양식 10-1>, oil on canvas, 53X33

2

엄마가 무서워요

어른들의 몰이해

엄마가 무서워요

어른들의 몰이해

봄날 오후에 날아든 뉴스에 마음이 착잡하다. 입에 담기조차 끔찍한 2건의 사건은 놀랍게도 가해자가 다 계모였다. 울산의 박 모 씨는 8살 의붓딸을 때려 숨지게 했다. 소풍을 보내 달라고 하는 딸을 구타해서 갈비뼈가 16개나 부러지는 치명상을 입혔다. 온몸에 멍이 든 딸을 목욕탕에 집어넣었고 결국 아이는 죽게 되었다. 칠곡 사건은 더 끔찍하다. 처음 사건이 발생했을 때는 친언니가 동생을 발로 차서 죽였다고 보도되었다. 동생이 가진 인형을 뺏기 위해 그랬다는 진술이었다. 그러나 결국엔 '너도 죽이겠다.'는 계모의 협박에 못 이긴 거짓 진술임이 밝혀졌다. 계모는 평소에도 구타를 일삼았으며 심지어 아이를 세탁기에 넣고 돌리기까지 했다고 한다.

또 하나의 사건 주인공은 20세의 어린 주부였다. 인도 그레이스 가든에 살던 그녀는 애인과의 사이에 걸림돌이 된다는 이유로 세 살 된 어린 딸아이를 살해했다.

책상에 앉아 원고를 다듬고 있는데 딩동 하고 문자 오는 소리가 났다. 딸애였다. '엄마, 지금 학교에서 집에 가는 길이에요. 이렇게 말하기가 좀 쑥스럽지만 나는 엄마가 내 엄마라서 참 좋아요. ㅎㅎ 엄마 횟팅.' 어떤 긴 편지보다 몇 마디의 짧은 문자 속에 함축된 딸아이의 마음이 느껴졌다. 순간 잘해주지도 못했는데 하는 자책과 함께 눈물이 찔끔했다.

아이는 엉터리 돌팔이인 이 엄마가 제 엄마라서 좋단다. 아이는 아마 가슴속에 들끓는 문학을 향한 외사랑을 같이 이야기할 말 상대가 필요했을 터이다. 그래서 나처럼 할 바에야 하지 말아, 라고 말리는 나약하고 비겁한 엄마라도 같은 곳을 바라본다는 사실만으로 좋았는지 모르겠다.

자식을 키워보면 어른들 말씀처럼 한 배에서 나왔는데도 어쩌면 그렇게 아롱이다롱이인지 모르겠다. 첫째를 칭찬하면 둘째가 서운해하고 둘째를 안아주면 셋째가 토라진다.

각자의 취미나 성향이 다 다르긴 하지만 세 명의 자식들은 내 성격을 제법 많이 닮은 듯하다. 굳이 나쁘다고 할 수도 없지만 결코 좋다고 할 수도 없는. 이를테면 잘 아는 사이가 아닌 사람에게는 선뜻 다가가지 못하고 상대가 부당한 짓을 해도 대놓고 말하지 못하는 여린 성격 등등.

어찌 되었거나, 내 기분은 딸애의 문자에 한껏 고무됐다. 그와 동시에 이미 돌아가신 내 엄마가 생각났다. 홍시를 좋아하고 이수일과 심순애 대사를 줄줄 외우던 엄마.

엄마는 무척 엄하고 강한 성정을 가졌지만 우리 형제들에게 한 번도 매를 들지는 않았다. 자라면서 엄마에게 매를 맞은 기억은 없다. 기껏 욕이라고 한다는 말이 "나쁜 년, 애미 속도 모르고, 니도 나중에 자식 낳아 봐" 정도였다. 어른이 되어서야 엄마가 얼마나 품위(?) 있게 우리 형제들을 훈육하고 양육했는지 깨달아졌다.

어디선가 고소하고 달콤한 냄새가 풍겨왔다. 코를 흠흠거리며 근원지를 찾아보니 바로 아랫집이었다. 며칠 전 엘리베이터에서 만났을 때 딸아이를 결혼시킨다고 하더니 예비 사위가 오는지 음식 장만을 하는 모양이었다. 잔치에는 으레 음식이 따른다. 그것도 평소에 늘 먹던 것보다는 새롭고 손이 많이 가는 특별한 종류를 많이 한다. 명절이나 잔치 같은 특별한 날에나 별미를 맛볼 수 있었던, 먹을 것이 귀하던 시절에는 넉넉하게 장만하여 여러 이웃들과 나누어 먹는 훈훈한 풍습이 있었다. 요즘에야 맛있는 것들이 사방에 널렸으니 웬만해선 맛있다는 말을 듣기가 쉽지 않다. 사람들의 식성이 워낙 고급화되고 까다로워져서 음식점 경영도 점점 어려워진다는 말도 들었다.

세월이 흐르고 사람들의 입맛이 변해도 잔치하면 빼놓을 수 없는 몇 가지의 음식이 있다. 갖은 떡과 전과 잡채와 식혜 등. 그중에서도 누구나 즐겨먹는 음식은 단연 식혜일 것 같다. 시중에 나와 있는 캔 식혜는 청량음료에 길들여져 있는 청소년층까지 좋아하는 음료로 자리 잡았다던가. 한겨울에 꽁꽁 언 식혜를 항아리에서 퍼다 먹던 기억은 언제 떠올려도 정겹다. 식혜는 주재료인 엿기름이 좋아야 맛있게 만들어지지만 고두밥을 넣고 삭히는 시간 조절을 잘못하면 버리게 되는 수가 있다. 지금은 전기밥솥에 넣고 서너 시간 지나면 약속한 듯 밥알이 동동 뜨게 되는데 가마솥에 불을 때서 할라치면 여간 어려운 기술이 아니었다고 한다. 불이 조금만 약해도 설고 너무 세면 넘쳐 버린다. 그 조절의 묘기를 내 엄마는 잘도 해내곤 했다. 어린 시절, 부뚜막 옆에 쪼그려 앉아 한 손으로는 솥뚜껑을 열었다 닫았다 하며 다른 손으로는 불땀을 조절하는 엄마를 신기하게 바라보았던 기억이 생생하다.

그렇게 엄마의 손을 거치고 나면 요술을 부린 것처럼 맛있는 '순덕표 식혜'가 되어 나왔다.

내 엄마의 이름은 김순덕. 옛날 가요 "실버들 늘어진"으로 시작하는 〈초가삼간〉을 좋아하고 이수일과 심순애 대사를 거침없이 외운다. 이미자의 열렬한 팬이고 그녀의 노래 중에 〈황포돛대〉를 특히 즐겨 불렀다. 평생 동안 가계부를 겸한 일기를 써왔으며 양말은 반드시 두 번 이상 기워 신었다.

자식들을 훈육할 때뿐만 아니라 자신에게도 그지없이 엄격했던 엄마. 엄마는 겨울 새벽에 미끄러져 허리를 다친 불운으로 한 평 크기의 침대 위에서 지내다 돌아가셨다. 요양 병원에 계신 엄마를 만나러 갈 때마다 엄마 몸을 받치고 있는 침대가 꼭 관처럼 느껴져 섬뜩해지곤 했던 기억이 난다. 좀 더 정확하게 말한다면 주검을 담는 관은 침대보다 조금 작았던 것 같다.

엄마는 식혜를 잘 만들기도 했지만 먹기도 좋아했다. 집에서 만들면 아예 양푼으로 떠다 먹곤 했다. 돌아가시기 전 병원에 들렀을 때 시원한 식혜 한 사발이 먹고 싶다고 했다. 가끔 엄마가 내 집에 다니러 오시면 해드렸는데 그 맛이 생각난다고 하면서. 더운 날씨와 일이 바쁘다는 핑계로 직접 하지는 못하고 시장에서 두 통을 사서 들고 갔다. 나누기를 즐겨 하는 엄마는 역시 한 통은 병실에 있는 환자들에게 돌리고 한 통은 냉장고에 넣어 두었다. 엄마의 친구이기도 한, 한 평의 침상에 누운 할머니들은 오랜만에 맛난 것을 먹었다며 행복해했다. 젊었을 적 불면으로 밤을 지새우게 했던 욕망도 번뇌도 다 놓아버린 할머니들의 표정은 식혜 한 사발에 편안해 보였다.

다른 할머니들이 모두 행복한 잠에 빠져들고 난 뒤에도 엄마와 나는 도란도란 이야기를 했다. 식혜는 엄마가 진짜 잘 만드는데, 순덕표 식혜. 목이 잠긴 내 말에 그래, 내가 다른 건 몰라도 단술 하나는 잘 만들지 하며 쓸쓸하게 웃던 엄마. 그런데 순덕표 식혜는 언제 먹어보지? 과장되게 명랑한 내 물음에 이제 영영 글렀지 뭐. 말을 하는 어머니의 눈길이 황혼녘 먼 사막 여행길에 나서는 낙타의 표정을 닮아 있었다. 그 순간 엄마는 아마 영영 돌아오지 못할 여행을 생각하고 있었는지도 모르겠다.

이호철의 『엄마 아빠, 나 정말 상처받았어!』는 부모에게 학대받는 아이들의 생생한 증언이며 눈물 어린 호소문이다. 본문 중에 "충동으로 저지른 잘못은 쉽게 깨우쳐도 자라면서 켜켜이 쌓여 만들어진 나쁜 태도는 몇 배의 세월과 노력을 보태야만 바로 잡을 수 있다."는 말이 있다.

상처 받은 아이들의 호소문인 이 책을 손에 잡은 순간 나는 단숨에 다 읽어 내려갔다. 빨래와 청소와 음식 만들기 등등의 많은 일들이 쌓여 있었지만 책에서 눈을 뗄 수가 없었다. 깊은 상처의 흔적들이었다. 읽어 내려가는 동안 나는 몇 번이나 무릎을 두드리거나 혼자 가슴을 쳤다.

내 아이들에게 해왔던 많은 말과 행동과 체벌들. 별것 아니라고 생각해버렸던 것들. 그래서 무심코 스치고 간과해버렸던 일들이 결코 그냥 지나가버릴 것들이 아니라고 깨달아지는 순간 무섭기까지 했다. 특히 본문 중에 부모가 되기 전에 자격시험을 치게 해서 자격이 없는 사람은 자격이 생길 때까지 오랜 시간 기다려야 하고 자격시험에 합격한 사람만 부모가 되게 하는 제도가 필요할 것 같다는 말은, 많은 것을 생각하게 하는 대목이었다.

영화 〈가버나움Capernaum〉에서 12살 소년 자인은 지옥 같은 세상에 자신을 태어나게 했다는 이유로 부모를 고소한다. 어린 소년의 눈은 세상에 대한 원망과 적의로 가득 차 있었다.

법정에 선 자인의 엄마는 자신도 이렇게 태어나서 살아왔고 처해진 상황에서 할 수 있는 한 최선을 다했다고 소리치며 절규했다. 그러나 여기서 자인의 엄마가 간과한 것이 있다. 그것은 바로 선택이었다. 자인의 엄마는 처해진 환경에서 얼마든지 다르게 살 수 있는 길이 있었을 것이다. 그런데도 어렵고 힘들다는 이유로 쉽고 편한 방법을 선택했다. 자신의 부모가 부여한 삶을 원망하면서 그녀도 같은 수순을 택했던 것이다. 아무리 작은 것도 고통 없이 얻어지는 것은 없는데도 말이다.

가끔, 내 잣대로 남의 부모를 보며 저래도 될까 하는 의문을 가진 적이 있다. 나는 그런대로 괜찮은 부모라고 착각하면서 말이다.

독서치료를 시작한 지 얼마 되지 않았을 때였다. 수업을 마치고 늦게 집에 들어갔는데 웬일인지 그때까지 아이들이 자지 않고 서재에 모여 있었다. 아이들은 잘 다녀왔느냐, 수업이 재미있었느냐 등등 이것저것 물었다. 저희들끼리 뭔가 재미난 이야기를 하고 있었는지 얼굴이 발갛게 상기되어 있었다. 나는 아이들의 말에 대답은 않고 "그런데 얘들아 내가 이제 시작하는 단계지만 책을 읽고 나니 너희들에게 너무 미안하구나." 하고 말했다. 갑자기 무슨 일이냐는 듯 아이들의 눈이 동그래졌다. 그리고는 "왜요? 왜 그런 생각이 들었어요?" 하며 대답을 재촉했다. 놀라움과 기대가 섞인 약간 복잡한 표정들이었다. 엄마에게 무슨 큰일이라도 생긴 걸까 싶어 걱정하는 것 같기도 했다. "글쎄 지금 뭐라고 꼭 꼬집어 말하기는 어렵지만 어쨌든 너희들에게 많이 잘못한 것 같아." 내 말에 갑자기 분위기가 숙연해졌다.

아이들도 나도 한동안 할 말을 찾지 못하고 침묵으로만 일관

했다. 그런 중에도 큰 아이는 '아, 엄마가 이제야 뭔가를 좀 알았구나, 그래서 우리를 이해해주겠구나.' 하며 안도하는 눈치였다. 그날 밤 나는 세 아이들과 실로 오랜만에 많은 이야기를 나누었다. 아이들도 평소와 달라진 엄마의 태도에 마음 놓고(?) 하고 싶은 말들을 쏟아냈다. 그때는 이래서 엄마에게 서운했고 언제는 저래서 화가 났다는 등. 너도 나도 질세라 그 자리는 순식간에 나의 심판대가 되었다. 아이들의 성토를 받으면서 너무 심하게 몰아세우는 것 같아 곤혹스럽기도 했지만 한편으론 다행스러웠다. 적어도 나는 하고 싶은 말을 겁이 나서 제대로 못하고 눈치만 보게 하는 엄마는 아닌 것 같아서였다.

부모와 자식 관계를 말하다 보면 떠오르는 또 한 사람이 있다. 얼굴만 봐도 선한 기운이 드러나고 따뜻한 느낌이 전달되는 내 작은 언니다.

나에게는 위로 언니 두 명과 오빠 한 명이 있다. 부모님들, 특히 엄마는 우리들에게 지나칠 정도로 엄하게 대했다. 그런 탓에 언니 두 명은 남자친구를 사귀는 일 따위는 아예 꿈도 못 꾸었다고 했다. 그런 점에선 아들인 오빠도 마찬가지였다. 엄마가 얼마나 엄한지 예를 들면 가령 컵에 든 물을 쏟았다면 다른 부모들은 다음부터 조심하라는 주의를 주는 정도에 그칠 것이다. 그러나 우리 엄마는 마치 엄청나게 비싼 도자기에 든 보약을 쏟은 것보다 더 크게 야단을 쳤다. 그래서 그런지 우리 형제들은 매사에 소심하고 겁이 많으며 소극적이다. 절대 모험은 하지 않는다. 반면 문제를 일으키지는 않지만 출구를 찾지 못한 억눌린 감정은 때로 자신을 상하게도 했다.

내 부모는 너무 엄격한 점만 빼고는 비교적 상식과 인격을 갖춘 분들이었다고 기억된다. 그러나 이 또한 같은 부모 밑에 자랐더라도 지극히 개인적인 경험에 의한 기억일지도 모르겠다. 왜냐하면 부모에 대한 나와 언니의 기억은 엄청난 차이가 있기 때문이다. 바꾸어 말한다면 부모가 자녀들을 대하는 태도가 동일하다 해도 각자의 성향이나 상황에 따라 얼마든지 다르게 받아들일 수 있다는 것이다.

젊었을 적의 아버지는 공무원을 지냈고 퇴직 후부터 돌아가시기 얼마 전까지 농사를 지었다. 터울이 큰 맨 큰언니는 내가 초등학교에 입학할 즈음에 결혼을 했다. 어머니는 항상 바빴기에 자연스럽게 둘째 언니가 집안일을 도맡아 하다시피 했다. 그 시대의 사회적인 분위기에서 딸이 집안일을 거드는 일은 흔한 일이기도 했다.

언니 자신도 지금까지 엄마에 대한 섭섭한 감정이 지워지지 않는 이유가 일을 시킨 것과는 상관없다고 했다. 아직까지 언니를 괴롭히고 있는 억울함과 홀대받았다는 아픔들의 기저(基底)는 결국 관심과 공감이다.

농사일이 너무나 바빴던 엄마는 언니의 마음까지 돌보지 못했다. 언니는 공부를 매우 잘했다. 그리고 계속 공부하고 싶어 했다.

그러나 엄마는 언니의 간절한 바람을 들어주지 않았다. 이유는 단지 집안일을 돌봐야 한다는 것이었다. 농사일에 바빴던 엄마는 언니가 집안일을 하는 것이 당연하다는 생각이었다. 막내인 나는 어렸고 오빠는 남자인 탓에 집안일을 도울 사람은 언니밖에 없다는 것이 엄마의 설명이었다. 언니는 가족들의 뒷바라지를 위해 쉴 틈이 없었다. 또래들이 친구와 어울려 놀 때에도 언니는 빨래와 청소 등의 가사 일에 치여 지냈다. 미래에 대한 꿈과 희망에 부풀어 있을 그 나이에 언니의 얼굴에는 미소가 없었다. 늘 우울하고 슬퍼 보였다. 부모에 의해 꿈이 좌절당한 언니는 스스로에게 자신감이 없었고 세상을 비관적으로 바라보는 것 같았다. 이후로도 언니의 삶은 별로 행복해 보이지 않았다. 언젠가 언니가 나에게 이런 말을 한 적이 있다. "이제 와서 지난 일을 들춰내서 뭐하겠니. 나도 자식을 키워보니까 마음과는 다르게 어쩔 수 없이 상처를 주게 되는 경우도 있더라. 내가 말하고 싶은 것은 엄마가 나에게 그 일에 대해 사과하라는 것이 아니야. 단지 아, 그때는 사는 게 바빠 몰랐는데 네 말을 듣고 보니 정말 마음이 아팠겠구나, 하는 말 한마디를 듣고 싶은 거야."

언니의 간절한 바람에도 불구하고 엄마는 까맣게 모르고 있는 듯했다. 마음 여린 소녀였던 언니가 얼마나 마음을 다쳤는지 엄마는 미처 헤아리지 못했던 것이다. 언니와 엄마의 마음 거리가 너무 멀다는 생각이 들었다. 언젠가 엄마에게 언니의 심중을 넌지시 내비쳤더니 당치도 않다며 손사래를 쳤다. 엄마는 단 한 번도 언니를 차별한 적이 없는 데다 홀대는 천부당만부당하다고 했다. 단지 그 당시의 상황이 어려워서 그랬을 뿐이라며 섭섭해 하는 언니를 오히려 이해할 수 없다는 표정이었다. 안타깝게도 두 사람은 엄마가 돌아가실 때까지 서로의 마음을 알지 못했다.

안기호, <향연 91>, oil on canvas, 91X91

3

우린 서로 닮았어

부모와 자녀

우린 서로 닮았어

부모와 자녀

어버이날을 며칠 앞둔 어느 날, 군 복무 중인 아들의 전화를 받았다. 아들은 몇 가지 안부를 묻고 나서 지금은 군에 매인 몸이라 할 수 없지만 내년에는 꼭 카네이션 꽃바구니를 선물하겠다는 말을 했다. 공교롭게도 어버이날 일주일 뒤가 내 생일이었다. 아들의 말에 감동한 내가 어차피 입으로만 하는 선물이니 이왕이면 생일 선물도 주면 어떻겠느냐고 했다. 장난 어린 내 말에 아들은 흔쾌히 엄청난 생일 선물을 펼쳐놓았다.

"통영쯤이 좋겠지?"

"음, 좋지."

"넓이는 200평 정도면 될까?"

"충분하지."

"집은 아무래도 통나무로 지으면 더 낫겠지?"

"암, 그렇고말고. 나무가 몸에 좋은 건 다 아는 사실이니까."

"반드시 창은 넓어야 되겠지?"

"당연하지. 바다가 잘 보여야 하니까."

아들은 통영의 어딘가에 바다가 내려다보이는 내 작업실을 지어주겠다는 말이었다. 실현 가능성은 거의 전무한 말이었지만 그 순간 내 마음은 이미 통영의 바닷가 작업실에 앉아 있었다. 아들은 거기서 최고의 작품을 만들어 내라는 덕담을 했고 나는 웃으며 그러면 인세는 네게 주겠다는 약속까지 하고 말았다.

아들은 별일이 없는 한 일주일에 한 번, 주로 주말에 안부 전화를 한다. 입대 초엔 처음 만난 동료들과의 생활관 생활에 적응하느라 힘든 눈치였지만 차츰 안정되어가는 것이 느껴졌다.

지난여름 휴가를 겸해 아들을 면회해서 하룻밤을 같이 보냈다. 아들이 좋아하는 음식들을 실컷 먹게 해주고 오랜만에 같이 영화도 관람했다. 밤늦게 숙소로 돌아와서도 우리는 그동안에 밀린 이야기를 하느라 시간 가는 줄 몰랐다. 아들의 이야기는 주로 부대 생활에서 보고 듣고 느낀 이야기들이었는데 비교적 잘 적응하고 있는 것 같아 마음이 놓였다. 걸음마를 하던 때가 엊그제 같은데 군복 입은 모습이 씩씩하고 늠름했다.

딸 둘을 낳고 얻은 탓에 주위에선 귀한 아들이라고 엄마가 너무 오냐오냐 하면 버릇없어진다는 충고를 자주 했다. 그런 충고를 들을 때마다 아들을 위해서라도 안 그래야지 하고 다짐하곤 했다.

주위의 우려와는 달리 내가 아들을 늦둥이로 낳고 염려하는 이유는 정작 다른 데 있었다. 혹여 아들이 다 자라기 전에 우리 부부가 떠나는 일이 생기지 않을까 해서였다. 막내를 낳고 채 6개월이 되지 않았을 때에 일어났던 사건 때문이다.

아들이 백일을 지날 무렵부터 속이 더부룩하고 소화가 되지 않았다. 처음엔 심상하게 넘겼는데 증세가 심해지는 것 같아 병원을 찾았다. 의사가 위내시경을 해보자고 해서 하고 결과를 보는데 충격적인 말을 했다. 엄청 큰 종양이 발견되었다며 당장 수술을 하자고 했다. 정신이 하나도 없었다. 가족들과 의논해서 수술 날짜를 잡겠다고 하고 일단 집으로 돌아왔다. 이제 갓 백일이 지난 막내를 보니 눈물밖에 나오지 않았다. 우리 부부의 욕심으로 낳아 놓고 어미 구실도 못하고 떠날 것을 생각하니 아들에게 죄인이 된 기분이었다. 막내를 낳은 일이 후회되고 또 후회되었다.

저녁에 퇴근해온 남편에게 의사가 했던 말을 했더니 절대 그럴 리가 없다고 펄쩍 뛰었다.

그날 밤을 생각하면 지금도 가슴이 무너지는 것 같다. 나는 그날 밤을 꼬박 새우며 하나님께 간절히 기도했다. 나를 위해서가 아니라 아이들을 위해서 살려달라고 매달렸다.

다음날 나는 비장한 마음으로 집에서 가까운 다른 병원을 찾아 다시 검사를 했다. 결과는 전날 의사가 오진을 한 것으로 판명되었다. 앞의 병원 의사에게 무한 화가 났지만 한편으론 감사하기만 했다.

그 일은 나에게 많은 생각을 하게 했다. 덕분에 운전을 할 때도 웬만하면 양보하고 정신건강을 생각해서 되도록 화를 내지 않으려고 노력한다. 이유야 물론 나쁜 부모 순서 1순위인 빨리 죽는 부모가 되지 않기 위해서다.

지난 주말에도 아들은 어김없이 전화를 해주었는데 목소리가 가라앉아 있었다. 아들에게 무슨 일이 있나 싶어 가슴이 덜컥했지만 티를 내지는 않았다. 이런저런 이야기 끝에 조심스레 어디 불편한 데가 있는지 물었더니 옆 중대원 한 명이 휴가를 마치고 귀대하지 않은 일이 생겼다고 했다. 일이 난 뒤에야 알게 되었는데 그 중대원은 휴가를 갈 때 주위의 동료 여러 명에게 돈을 빌려갔다고 했다. 액수도 만만찮은 데다 빌렸다고는 했지만 사실은 거의 뺏는 거와 다름 아니었다는 말이었다. 아들은 돈 문제는 걸리지 않았지만 이유 없이 여러 번 험한 욕을 먹었다고 했다. 일이 터지고 나서야 많은 동료 후임들이 부당한 요구에 시달린 사실을 털어놓았다고 했다.

놀라운 일은 귀대하지 않은 중대원의 가족과도 전혀 연락이 안 되고 있다 했다. 중대원을 찾기 위해 가족은 물론 친척, 친구들에게 연락을 해보았지만 어디에도 연락이 닿지 않았다는 말이었다. 확인된 것은 아니지만 중대원의 부모는 오래전 이혼했고 함께 살던 아버지는 교도소에 있다는 소문이 돌고 있다는 안타까운 사연이었다.

아들이 침울했던 이유는 그 중대원이 잡히고 나서 당하게 될 일련의 일들이 걱정되어서였다. 잘못을 저지르고 벌을 받는 것은 당연한 거겠지만 아들은 못내 그 중대원이 마음에 걸리는 모양이었다.

미숙 씨는 성격도 원만하고 외모도 단아해서 누구에게나 호감을 받았다. 살림 솜씨도 야무져서 철마다 김치도 보통 서너 가지씩 담가놓고 신혼 초부터 간장, 된장도 직접 담가 먹었다. 바느질 솜씨까지 좋아서 아이들 어릴 때는 웬만한 옷도 만들어서 입혔다. 내조도 잘해서 남편이 승진도 빠른 편이었다. 어디 하나 나무랄 데 없는 현모양처다. 이렇게 흠잡을 데 없는 여성인데 한 가지 이해하기 곤란한 점이 있다. 바로 물건 살 때의 태도 때문이다. 등급을 매기자면 그녀가 사오는 물건들은 거의가 3등급이라고 할 수 있다. 과일을 예로 들면 토마토는 너무 익어 방금이라도 뭉그러지기 직전이고 사과나 배도 오래되어 쪼글쪼글할 정도다. 생선도 한물간 상태인 것들이고 어떤 건 냄새가 나기도 했다. 한마디로 파치다. 어떨 땐 아이들이 아예 못 먹겠다며 거들떠보지도 않았다고 했다. 그렇게 야무진 그녀가 유독 물건을 살 때만 왜 그런지 도무지 이해가 안 됐다.

싸구려 떨이만 골라 사는 버릇들은 독서치료 수업 중에 자기 입으로 했던 말이었다. 조심스레 이유를 물었더니 의외로 대답이 시원시원했다. 한물간 물건을 사는 이유는 값이 싸고 양도 많기 때문이라고 했다. 망설이는 기색 없이 명쾌한 대답이었다. 그녀의 말을 들으며 나는 속으로 적이 놀랐다. 내가 알기로 그녀는 경제적으로 꽤 넉넉한 편이었다. 그런데 누가 봐도 볼품없는 물건들을 값이 싸다는 이유만으로 구입하는 태도는 이해할 수 없었다. 의문은 나중에 풀어놓은 사연을 듣고 나서야 풀렸다.

그녀는 시골에서 태어났는데 매우 가난했다고 한다. 가난한데다 형제는 아홉 명이나 되어서 식사 때마다 서로 많이 먹으려는 다툼 아닌 다툼을 벌여야 했단다. 그녀의 어머니는 어려운 살림에 많은 식구를 먹이기 위해서 어떡하든 양이 많은 식품을 사야 했고 당연히 질이 좋은 물건은 살 수 없었다. 시골인지라 오일장을 다녔는데 장날이 되면 그녀의 엄마는 장이 파할 무렵에야 집을 나서곤 했다. 파장이면 떨이 물건들을 싼값에 살 수 있어서였다. 그녀 역시 어쩌다 엄마를 따라 장에 가게 되면 어김없이 떨이 물건 앞에서 발을 멈추었다. 엄마가 하던 대로 따라 한 행동이었다.

성인이 된 그녀는 여유 있는 생활을 할 수 있을 만큼 형편이 좋아졌지만 자라는 동안 자신도 모르게 몸에 밴 생활 습관은 쉬 고쳐지지 않았던 것이다.

하임 G. 기너트가 지은 『부모와 아이 사이』는 부모가 자녀를 대할 때 어떻게 해야 하는지에 대한 방향 지침서이다.

어스름한 저녁, 거리를 산책하다가 문득 아, 벌써 봄이 다 갔구나 하는 생각이 들며 오랫동안 잊고 있었던 사람들이 보고 싶어졌다. 그중에서도 유독 초등학교 때의 한 친구가 생각났다. 이름이 유자였는데 주근깨가 많고 또래에 비해 키가 컸다. 입버릇처럼 이 다음에 돈 많이 벌어서 마음껏 사치를 하며 살겠다고 하던 아이였다. 홀어머니와 단둘이 어렵게 살았는데 유자가 점심 도시락을 싸오는 걸 보지 못한 것 같다. 살림이 어려운 탓도 있었겠지만 엄마가 집 밖으로만 돌았다. 유자는 거의 방치되고 있는 것으로 보였다. 유자의 엄마는 늘 술에 취해 있었고 남자들과 심심찮게 스캔들을 일으켰다. 동네 어른들은 유자 엄마를 뒤에서 손가락질하며 눈을 흘겼다. 특히 아주머니들은 유자 엄마의 미모를 시기하여 모이기만 하면 험담을 일삼았다.

졸업과 동시에 다들 중학생이 되었지만 공부보다는 돈을 벌겠다고 하던 유자는 정말 진학을 하지 않고 양품점의 점원으로 들어갔다. 가끔 등굣길에 교복 대신 짧은 치마를 입고 화장까지 한 유자와 마주치기도 했지만 이야기를 나눌 기회는 없었다. 유자도 나를 피해 지나쳤다.

한동안 소식을 모르고 지내다 고등학교 일 학년 어느 날 하굣길에 유자를 보았다. 등에 얼굴이 빨간 갓난아기를 업고 있었다. 놀란 내가 미처 부를 겨를도 없이 유자는 골목길로 홱 들어가 버렸다. 나중에 들었는데 유자의 엄마는 술집에서 알게 된 남자와 다른 지방에서 살고 있다고 했다. 기댈 곳 없이 혼자 남겨진 유자는 아버지뻘이나 되는 남자의 아이를 낳았고, 불행히도 혼자 기르고 있다 했다. 아버지는 처음부터 없었고 엄마까지 다른 남자를 따라가 버렸을 때 혼자 남겨진 유자는 많이 외로웠을 것이다. 그래서 상대가 누구든 자신을 받아주고 사랑을 주면 마음을 열었던 것일까. 그래서 어린 나이에 엄마가 돼버린 걸까. 유자를 보고 난 이후로 스스로도 이해할 수 없는 버릇이 생겼는데 어린 여자가 개입된 사건을 접하게 되면 혹시 그녀일까 싶어 눈을 홉뜨고 살폈다. 다행히 그녀와 상관된 불미스러운 사건은 없었지만 풍문으로 들리는 소문은 불행하기만 했다. 유자는 절대 엄마처럼 살지 않겠다고 다짐을 하곤 했다지만 결국 그녀의 엄마처럼 혼자 아이를 기르며 살게 되었다.

기억을 더듬어 보면 사춘기를 지날 때까지 엄마가 내 엄마라서 행복하다고 느낀 적이 별로 없었던 것 같다. 지금 생각하면 죄송하기 그지없지만 세상이 온통 회색빛으로 비치던 사춘기 때는 더 그랬던 것 같다.

엄마와의 일들을 기억해 보면 칭찬을 받았던 일보다 야단을 맞았던 일이 훨씬 많다. 엄마는 너무나 엄격해서 어린 내가 조금만 잘못해도 무섭게 야단을 쳤다. 가령 내가 뛰어가다 넘어져서 다쳐도 얼마나 다쳤는지 얼마나 아픈지보다 먼저 부주의한 것에 대해 야단을 쳤다. 평소에도 나는 엄마에게 야단맞을까 봐 늘 조마조마했다. 그런 의식이 남아있는 탓인지 지금도 나는 작은 실수라도 하면 밤잠을 설치고 괴로워 한다.

어린 시절, 엄마에게 야단을 맞으며 나는 속으로 항의했다. 어떻게 초등학생밖에 안 된 내가, 청소를 하거나 심부름을 하거나, 엄마를 돕는 일 등을 스무 살, 서른 살 먹은 성인처럼 할 수 있겠느냐고 말이다. 그러면 엄마는 입이 댓 발이나 나와 있는 나에게 일장 연설을 했다.

"하이고 고까짓 거 갖고 그 야단이가. 내 클 때 우리 어무이는 적삼 시 벌을 풀 먹이가 다듬이질해서 내놓아도 덜 빳빳하다고 그 자리에서 구정물에 넣어삐린다 아이가. 그때에 비하면 요새 일이 어데 일이라꼬 할 끼 있나."

생각해보면 엄마는 완벽주의자였던 것 같다. 당신은 당연히 매사에 남보다 앞서야 했고, 자신과 관계된 모든 가족들에게까지도 완벽을 요구했다. 나는 늘 어머니의 기대에 부응하기 위해 전전긍긍했고 혹시 야단이나 맞지 않을까 싶어 자신이 없었다. 그런 탓인지 지금도 나는 사람들 앞에 선뜻 나서지 못하고 자기검열이 심하다. 결국 엄마의 완벽주의적인 성격은 외할머니에게로 거슬러 올라간다. 엄마의 증언대로 외할머니 역시 깔끔함이 지나쳐서 거의 결벽증 수준이었고 타인에게 신세 지는 걸 죽기보다 싫어했다고 했다. 매사에 빈틈이 없고 꼼꼼하고 세밀하며 음성도 작아서 귀를 바짝 세워야 들을 수 있었다 했다.

엄마는 가끔 외할머니를 회상하며 눈물지었지만 자신도 어린 시절로 돌아가고 싶지는 않다고 했다.

내가 얼마나 세상을 모르는 등신이었는지 알게 된 건 결혼하고 나서였다. 엄마가 늘 하던 말대로 세상은 결코 녹록지 않았다.

이 세상천지 어디에도 엄마가 나에게 주었던, 조건이나 대가 없는 사랑을 주는 사람은 없었다. 야단만 치는 엄격한 엄마여도 무조건적인 내 편은 세상에 단 한 사람 엄마뿐이었다.

엄마 생각에 감상적이 된 나는 슬그머니 일어나 편지 뭉치가 든 상자를 꺼냈다. 겉에 오줌을 지린 것처럼 누렇게 얼룩이 져있는 봉투를 집어 드는데 가슴 한 편에 통증이 일었다. 서러움 같기도 하고 그리움 같기도 한 느낌을 한마디로 잘라 말하기는 어렵다.

"여아 바다 보아라. 사람의 목숨은 풀잎 끝에 맺힌 이슬 같고, 흔적도 없이 사라지는 밤하늘의 유성 같구나. …(중략)… 한평생을 살다보면 비바람도 만나고 태풍도 만나지만 우짜든지 햇빛이 비칠 것을 믿고 살아야 한다." 결혼생활의 어려움을 토로하는 나에게 엄마는 그즈음 돌아가신 내 친구 아버지를 애도하고 나에게 무엇이든 참고 참고 또 참아야 한다는 말로 끝을 맺었다. 그때 비로소 나는 이런 편지를 줄 수 있는 엄마가 내 엄마라서 좋았다. 그 후로도 가끔 엄마는 편지를 보내왔다. 거의가 여자가 지켜야 할 도리를 담은 교과서 같은 내용이었지만 그것이 나에게 얼마나 큰 힘이 되었는지는 엄마도 몰랐을 것이다.

편지를 다시 곱게 접어 넣고 일어서는데 딸애가 들어왔다. 한달음에 달려온 아이가 허리를 덥석 껴안으며 "엄마아앙" 한다. "다 큰게 왜 이래?" 하면서도 나는 오랜만에 아이에게 뽀뽀를 했다. 딸애의 뺨에 입을 맞추는데 틀니를 뺀 합죽한 내 엄마의 얼굴이 떠올랐다. 나는 또 목이 잠겼지만 아이는 눈치를 못 챈 모양이었다.

사람들은 누구나 태어나고 자라서 어른이 되었다. 당연히 부모의 절대적인 영향을 받으며 자라났다. 그러나 자라는 당시에는 부모의 교육방식이나 가치관 또는 인생관 등이 미래에 성인이 된 자신에게 어떤 모양으로 영향을 미치게 될지는 대부분 예상하지 못할 것이다. 옥수수를 꺾어온 친구는 부모가 했던 대로 무심코 따라 했을 것이다. 자신이 잘못을 저지르고 있다는 것조차 인식하지 못했을 가능성이 크다. 친구의 부모는 의도하지 않았지만 그녀의 인성에 결정적인 영향을 끼쳤다. 모양은 달라도 내 부모의 양육 방식 또한 지금까지도 나에게 영향을 미치고 있다.

부드럽고 따뜻하다고 생각했던 아버지의 성격이 사실은 결단력이 부족한 유약한 성격이었다고 깨달은 것은 성인이 되고 나서였다. 엄마는 나이가 들면서 많이 약해졌지만 돌아가실 때까지 여전히 강인하고 곧은 자세를 유지했다. 돌아가시는 날까지 아침 일찍 머리를 빗고 얼굴을 매만졌다. 병원에 입원해 있을 때도 면회 오는 자식들에게 바쁠 테니 빨리 돌아가라는 말을 입에 달고 살았다. 당신 때문에 자식들이 불편하거나 생활이 흐트러지는 것을 결코 원하지 않았다. 자신이 얼마나 아픈지, 뭐가 필요한지를 웬만해선 자식들에게 말하지 않았다. 그래서 우리 형제들은 엄마는 언제나 씩씩하고 건강하고 강한 줄 믿었던 것 같다. 그러나 지금 돌이켜 생각해보면 우리들은 엄마에 대해 미처 모르고 지나친 부분이 아주 많았다. 바로 어머니의 내면에 깊숙이 가라앉아있던 예술성과 섬세함, 따뜻한 여성성이다. 우리들은 엄마의 아주 작은 한 부분만을 알면서 전부를 다 안다고 착각했던 것이다.

엄마는 생활 전선에 나설 때는 무서울 정도로 강인했지만 슬픈 드라마를 보면 한없이 눈물을 흘리기도 하는 여린 분이었다. 어쩌면 엄마의 그런 양면성 때문에 사춘기 때의 나는 엄청난 혼란과 갈등 속을 헤매었는지도 모른다. 과연 어머니의 진짜 모습은 어떤 것일까 하고 말이다. 결론은 밖으로 드러나는 엄마의 모습만을 보았던 것 같다. 그것도 아주 오랫동안.

지금의 내 모습에서 언뜻언뜻 예전의 엄마 모습을 발견하곤 소스라치게 놀랄 때가 있다. 미워하면서 닮는다는 옛 속담처럼 엄마가 나에게 미친 영향은 실로 크다. 언젠가 딸애가 나에게 말이나 행동이 외할머니와 꼭 같다고 하기도 했다. 거기다 더욱 재미있는 것은 막내의 말이다. 내가 일 때문에 일주일 정도 집을 비웠는데 자연 큰애가 밑의 두 동생들을 보살피게 되었다. 일을 끝내고 집에 오니 막내가 그동안 쌓인 불만 보따리를 풀어놓았다. 엄마가 없으니까 큰누나가 엄마와 똑같이 밥 먹어라, 공부해라 하고 야단치고 잔소리하는데 오히려 엄마보다 더하더란다. 그때는 웃어넘겼지만 시간이 점차 지나면서 웃을 마음이 아니었다. 내가 은연중에 하는 모든 말과 행동들이 고스란히 아이들에게 답습된다고 생각하니 정신이 번쩍 들었다. 동시에 나를 닮는 것보다 더 무서운 일, 나의 그릇된 의식이나 행동들이 내 아이들의 몸과 정신이 고르게 성숙하는 데 걸림돌이 되지는 않을까 하는 생각까지 들었다.

    자신에 대해 고민하고 있는 많은 사람들처럼, 나에게는 고치려고 노력해보았지만 잘되지 않는 부분들이 있었다. 그런 점들이 독서치료를 만나고부터 많은 변화가 있었다. 나를 있는 그대로 볼 수 있었고 수용하게 되었으며 못나면 못난 대로 아니면 아닌 대로의 나를 사랑할 수 있게 되었다.

안기호, <겨울이야기-1>, oil on canvas, 160X112

4

한솥밥을 먹는 사람들

가족

한솥밥을 먹는 사람들

가족

묵은 메모장을 들추다 어느 날의 글에서 눈이 멈추었다. 오래전부터 나는 일기와 메모를 해왔는데 좋은 일이 있거나 나쁜 일이 있었던 날은 다른 날보다 길게 썼던 것 같다. 그날은 마음 상한 일이 있었던지 힘든 심정이 고스란히 드러나 있었다.

내일 아침 국거리를 준비하고, 거실 바닥에 널려 있는 신문을 정리한 뒤에 걸어 놓은 빨래를 개켜 서랍에 넣는다. 그리고 아이들이 잠들어 있는 방문을 닫아주고 분리수거를 한 다음 불을 끄는데 아 참 잊을 뻔했다는 생각이 들어 이미 잠근 현관 문고리를 다시 한 번 확인한다. 마지막으로 식구들이 깰까 봐 도둑고양이처럼 살짝 세수를 하고 욕실에서 나오면 시계는 대개 자정을 넘어서고 있다. 주부로써의 임무가 끝나는 순간이다. 그러나 아직 남은 일은 얼마든지 있다. 가스레인지도 닦아야 하고 행주도 삶아야 하며 아이의 시험일이 언제인지도 확인해야 한다. 하지만 그쯤에서 끝내자고 작정한다.

그다음 나는 잠깐 갈등한다. 침실과 서재 중 어느 문으로 들어갈까 하는 마음 때문이다. 당연히 몸은 침실 쪽으로 향하길 원하지만 정신은 서재 문을 바라본다. 그러면 금방이라도 쓰러질 것 같은 피곤한 육체와는 달리 가슴은 새로운 세계에 대한 기대와 설렘으로 벌떡거린다.

나는 눕고 싶은 마음을 지그시 누르고 책상 앞에 앉는다. 노트북을 펼치고 한 자 한 자 써내려 가는 동안 솜처럼 젖었던 내 몸은 서서히 생기를 찾아간다. 가끔씩 안방에서 들리는 남편의 잠꼬대가 무슨 궁상을 떨고 있냐는 핀잔으로 들리기도 하지만 한두 번 겪는 일이 아니니 적당히 무신경해질 필요가 있다.

첫 소설집 후기에 늦은 밤, 책상에 앉아 불 꺼진 아파트의 창들을 보면 내가 왜 이러고 있나 싶어 서럽게 눈물이 났다는 말을 했다. 정말 그랬다. 모두 다 잠든 깜깜한 밤에 혼자 잠들지 못하고 끙끙거리다 보면 내가 지금 뭘 하고 있는 걸까 싶기도 했다. 잘하지도 못하는 알량한 재주를 혹시 과신하고 있는 건 아닐까 하는 자괴감과 함께.

언젠가 막내가 엄마 정말 소설가 맞아요? 하고 물었다. 아무리 봐도 소설가라고 하기엔 뭔가 미심쩍다는 표정이 역력했다. 글을 쓰는 사람은 뭔가 근사하고 멋있어 보여야 하는 것 아니냐는 뜻도

다분히 들어있었을 터였다. 나는 그럼, 엄마 소설가 맞지 하고 대답했지만 왠지 말끝에 힘이 빠졌다. 나 역시 때때로 내가 정말 소설가가 맞을까 의문스러울 때가 한두 번이 아니기 때문이다. 글쓰기에 시간과 노력을 덜 쏟고 있다는 안타까운 현실에 대한 아쉬움과 반성이다. 아이는 아무래도 석연찮다는 듯이 피이, 소설가가 뭐이래, 맨날 밥하고 빨래나 하면서 하고 말한다. 아이의 말인데도 나는 금방 의기소침해진다. 아픈 곳을 찔렸기 때문이다.

아무것도 하지 않고 오직 글만 써봤으면 하는 소망을 버리지 못하고 있다. 내 안의 모든 것을 쏟아 부을 수 있는 시간을 갖고 싶다. 물론 이루어지기에는 요원한 소망이라는 건 안다. 그런데도 포기하고 싶지 않은 이유는 그런 소망이라도 붙들고 있어야 막내의 놀림처럼 밥하고 빨래만 하지 않는 글 쓰는 소설가가 될 수 있을 것 같아서다.

얼마 전 유방암 수술을 받은 친구가 자신이 병에 걸린 건 아무래도 하고 싶은 일을 못하고 살았기 때문일 것 같다고 했다. 나는 무슨 그런 터무니없는 생각을 하느냐며 나무랐지만 한참 동안 그 말이 머릿속을 맴돌았다.

친구는 원래 그림을 그리고 싶어 했다. 그러나 대개의 사람들이 그렇듯 그녀 역시 여러 사정에 의해 꿈을 포기할 수밖에 없었다. 결혼을 하고 아이를 낳고 사는 평범한 삶에 순간순간 행복을 느꼈지만 그림에의 미련은 늘 흉터의 딱지처럼 떨어지지 않았다고 했다. 물론 친구도 잘 알고 있었을 것이다. 결혼한 여자가 자기

하고 싶은 일을 하기가 얼마나 어려운가를. 남편이 또 잠꼬대를 한다. 이번에는 아예 고함을 지르는 걸 보면 꿈속에서 내가 글을 쓰고 있는지도 모르겠다. 안방으로 건너가서 베개를 바로 해주고 돌아서는데 누구에게인지 모를 맹렬한 전의(戰意)가 솟구친다. 나는 괜히 남편의 발바닥을 슬쩍 꼬집어 주었다.

다시 모니터 앞에 앉은 내 눈에 마치 저희들은 여전히 살아있다고 아우성치듯 활자들이 꿈틀거린다. 나는 눈을 감고 진지하게 전업주부로 살 것인가, 아니면 소설가로 살 것인가 고민하기 시작했다.

그날의 메모는 소설가로 살기가 얼마나 힘든지 피력하고 있었지만 정작 속을 들여다보면 가족들에 대한 섭섭함이 담겨 있다. 지금도 그렇지만 나는 글쓰기와 주부 일을 병행해야 하는 고단함에 지쳐 있었다. 식구들 중 아무도 도와주지 않는 데에 대한 섭섭함을 혼자 하소연했던 기억이 났다.

가족의 다른 말은 식구, 사전적 해석은 한집안에서 같이 살며 끼니를 함께 하는 사람이다. 흔히 가족은 한솥밥을 먹는다고 말하기도 한다. 여자들은 대개 두 부류의 가족을 가지게 되는데, 자신을 낳아준 부모와 형제로 구성된 가족과 결혼으로 인해 생기는 가족이다. 물론 특별한 경우가 아니라면 결혼 전의 가족과의 사이에서는 크게 갈등할 일이 없다. 문제는 결혼으로 인해 생기는 가족들과의 관계다.

김별아의 『식구』는 우리가 익히 알고 있는 일들을 다시 한 번 생각하고 되짚게 한다.

살아가면서 번번히 느끼고 고통받았지만 부당함에 대해 차마 입 밖으로 내뱉거나 행동으로 옮길 수 없었던 많은 사례들. 그런 일들을 옆집 아줌마와 수다를 떠는 것처럼 편하게 기술해 놓았다. 그중에서도 눈이 번쩍 뜨이게 하는 대목이 있었다. 옮겨보면 이렇다. "일반적으로 여자들은 결혼을 하면 남편과 자신, 그리고 그 사이에서 낳은 아이들을 자신의 가족으로 생각한다. 친정식구들은 어제의 가족들이다. 하지만 남자들은 다르다. 남자들은 결혼 후에도 자신의 부모와 형제를 포함한 가족에서 빠져나올 생각을 하지 않는다."

어쩌면 그렇게 절묘하게 집어냈을까, 감탄하게 된다. 나 또한 그런 감정에 휘말릴 때가 셀 수 없을 만큼 여러 번 있었고 그런 이유들 때문에 마음고생을 많이 했다. 시어머니의 상을 당했을 때도 그랬다. 연세가 구순에다 앞세운 자식도 없었기에 이별이 슬펐지만 대체로 편한 분위기였다. 그래도 생전에 좀 더 잘해드릴 걸 하는 미안함에 진심을 다해 상을 치렀다. 그런데 며칠 전, 돌아가신 시어머니에 대해 이야기하는 중에 남편이 버럭 화를 내며 "당신은 제3자니까 그렇지." 하는 것이었다. 너무나 어이없고 기막히고 화가 나고 속이 상하고 배신감이 들어서 금방이라도 심장이 터질 것 같았다. 처음엔 아무 말도 나오지 않고 어쩌면 사람이 저럴 수가 있을까, 하는 생각밖에 들지 않았다. 정신을 차리고 나자 분하고 억울해서 눈물이 쏟아졌다. 결국 나는 그동안 남의 가족들을 위해 헌신하고 배려하고 정성을 바친 꼴이었다. 배신감 때문에 그동안의 일들을 할 수만 있다면 물리고 싶었다.

영주 씨의 경우는 더욱 기막히다. 그녀는 직장을 나가면서도 시어머니의 대소변을 8년 동안이나 받아 냈다. 시어머니가 돌아가시고 많은 세월이 흐른 후에 친정어머니가 병석에 눕게 되었다. 시간이 많지 않다는 것을 알게 되었을 때, 짧은 시간이라도 마지막으로 친정어머니를 돌봐드리고 싶으니 모실 수 있게 허락해 달라고 남편에게 간곡하게 부탁했단다. 결과는 무참한 거절이었다. 영주 씨 남편의 인격에 의심이 갔지만 문제는 한국의 남자들 대부분이 그와 같은 사고와 정서를 가지고 있다는 사실이다. 친정에서는 '출가외인'이며 시댁에서는 노동력과 생산, 그리고 경제적인 이익만을 제공해주어야 하는 자에 불과한 걸까.

어찌 되었든 여성에게 가족은 영원히 풀 길 없는 수수께끼 같은 분야다. 친정식구를 가족으로 믿고 살다 보면 어느새 남의 식구가 되어 있고, 시댁을 가족으로 섬기며 살아도 어느 순간에는 전혀 낯선 얼굴로 돌변한다. 한 예로 시어머니들은 며느리를 향해 왜 딸처럼 하지 않느냐고 소리를 높이지만 과연 며느리를 딸만큼 아끼는 시어머니가 몇이나 될까.

미선 씨도 가족이라면 치가 떨린다며 고개를 흔들었다. 그래도 가족인데 너무 심한 표현이 아닐까 싶기도 했지만 그녀의 말을 듣고 보니 충분히 이해가 갔다.

결혼하기 전까지 그녀는 부모와 오빠를 먹여 살렸다. 형편이 어려워서 가족들이 나름대로 돈을 벌어 살림에 보태는 것은 당연한 일이다. 그러나 그녀의 집은 그게 아니었다. 그녀가 초등학교 때부터 지금까지 아버지는 한 번도 제대로 된 직장은커녕 돈을 벌어본 적이 없다고 했다. 젊었을 적에는 판매원이나 배달일 따위를 잠깐씩 했다지만 집에 돈을 가져다주지는 않았다. 그녀의 아버지는 쥐꼬리만큼의 돈이라도 손에 쥐면 어김없이 술집으로 달려갔고 어렵게 번 돈을 모두 그렇게 써버렸다. 술버릇도 나빠서 취하면 길바닥 아무 데서나 쓰러져서 잤다. 가족들이 말리면 폭언을 퍼부었다. 말 그대로 술, 폭력, 도박의 나쁜 삼종 세트를 다 갖추고 있었다.

그녀는 중학생 때부터 아르바이트를 시작해서 고등학교를 졸업하고 쇼핑몰에 취직할 때까지 하루도 쉬지 못했다. 취직을 하고부터는 당연하게 그녀가 가장 노릇을 했다. 심지어 결혼자금으로 모아 놓은 약간의 돈까지 오빠가 교통사고를 내는 바람에 합의금으로 내주고 말았다. 그 일로 결혼도 늦어졌다. 그녀보다 세 살이 많은 오빠는 아직도 그녀에게 손을 내밀고 있다 했다.

결혼해서도 그녀의 짐이 줄어들지는 않았다. 툭하면 병원비가 급하다, 전기료 가스비가 없다, 도배를 해야 한다는 등등 끝이 없었다. 남편이 알게 되는 것이 두려워서 원하는 대로 들어주었더니 점점 요구가 많아진다는 말이었다. 그녀는 이제 제발 가족들로부터 해방되고 싶다며 눈물을 흘렸다. 이런 경우는 정말 가족이 아니라 원수라는 말이 맞을 것 같다. 실제로 그녀의 가족들은 그녀에게 가족이라는 이유로 평생 고통만 주었다.

독서치료 프로그램에 참여한 또 다른 여성의 경우도 비슷하다. 결혼한 지 3년이 된 30대 중반의 여성인데 첫날부터 눈에 띄었다. 그녀의 표정이 워낙 어두워서 당장이라도 땅속으로 꺼질 것 같아 보였기 때문이었다. 프로그램이 시작되고 중반에 접어들 때까지도 전혀 발표를 안 했다. 간혹 여러 사람 앞에서 자신의 의견을 말하기를 매우 어려워하는 참여자들도 있는 편이라 부담을 주지 않으려고 기다리고 있었다. 그러던 중 가족에 대한 상황 시간에 놀랄 정도로 솔직하게 자신을 열어 보였다.

그녀는 다섯 형제 중 셋째였는데 아래와 위로 두 명씩의 언니와 오빠가 있었다. 그녀의 아버지는 보험회사에 다니고 있었고 어머니는 청각장애자였다. 넉넉하지는 못해도 아버지가 성실한 편이어서 큰 풍파 없이 살았다고 했다. 문제가 생긴 건 바로 위의 언니가 중학생이 되고 비뚤어지기 시작하면서부터였다. 그녀의 언니는 중학교 2학년부터 결석과 가출을 밥 먹듯 하는 데다가 유흥비를 위해 남의 돈을 훔치기도 했다. 파출소에 잡혀간 걸 아버지가 서너 번이나 싹싹 빌어서 빼내 왔다. 엎친 데 덮친 격으로 아버지도 구조조정으로 직장에서 밀려난 데다 당뇨가 심해져 아무 일도 할 수 없게 되었다. 언니는 미혼모가 되었는데 아이를 집에 데려다 놓고 집에 와보지도 않았다. 그녀가 직장에서 힘들게 번 돈은 고스란히 아이 양육비와 가족들의 생활비로 들어갔다. 지금도 이런저런 명목으로 손을 벌리는 가족들 때문에 전화가 오면 겁부터 난다며 한숨을 쉬었다.

영주 씨나 미선 씨, 또 다른 여성의 경우처럼 단지 가족이라는 이유만으로 맹목적인 희생을 강요할 권리가 있는 것일까?

안기호, <melancholy 91>, oil on canvas, 91X91

5

엄마 아빠
다 같이 살고 싶어요

부모의 이혼

엄마 아빠
다 같이 살고 싶어요

부모의 이혼

세 살배기 아들을 둔 결혼 3년 차의 여배우가 이혼했다는 소문을 들었다. 이혼 사유는 남편의 사업 부도로 인한 막대한 빚 때문이라고 했다. 이혼이 발표되기 얼마 전까지 아들과의 행복한 모습을 보여주었던 터라 팬들의 안타까움이 더했다는 후문도 있었다.

난데없이 웬 여배우 이혼 이야기냐고 할지도 모르겠지만 가벼운 호기심이나 궁금증 때문이 아니다. 부모의 이혼으로 인해 본인의 의사와는 상관없이 한쪽 부모와 떨어져 살아야 할 여배우의 아들이 떠올랐기 때문이다. 곁에서 돌봐주고 사랑해줄 것을 믿고 있었던 부모가 어느 날 갑자기 갈라서는 상황에 놀라 두려움과 불안감에 떨게 될 아이 말이다.

세상의 모든 자식들은 부모의 이혼을 바라지 않을 줄 안다. 졸지에 한쪽 또는 양쪽 부모와 생이별을 해야 하는 아이들은 지독한 상실감으로 인해 생긴 상처로 마음과 몸이 병들게 되지 않을까. 자신들에게는 물어보지도 않고, 또 물어보았자 전혀 반영될 가망도 없다는 것을 알았을 때의 절망감을 당사자 아니고는 누가 짐작할 수 있을까. 아이는 자라면서 자신이 버려졌다고 생각할 것이고 그런 소외감은 아이의 성격과 인격 형성에 엄청난 영향을 미칠 것이다.

한 복지기관에서 초등학생들을 대상으로 독서치료 수업을 했던 적이 있다. 매시간마다 설정한 상황에 적합한 책이나 영상물을 보고 느낀 감상을 자신의 문제와 결부시켜 토론하는 형식이었다. 대부분의 참여자들은 상황이 주어졌을 때 놀랄 만큼 솔직하고 상세하게 자신이 겪고 있는 고통을 털어놓았다. 이야기하는 도중에 격한 감정을 자제하지 못하고 소리를 지르거나 눈물을 흘리는 아이들도 있었다. 억눌렸던 감정이 한꺼번에 표출되는 경우였다.

'부모의 이혼'이라는 상황 시간이었는데 참여자들이 쏟아내는 내용들이 너무나 충격적이었다. 참여인원 중 절반 이상의 부모가 이혼한 상태였고 이혼 이유는 압도적으로 배우자의 외도나 폭력 때문이었다.

절반 이상이 이혼했다는 사실보다 더 놀랐던 것은 부모의 이혼을 바라보는 자녀들의 눈이었다. 잘라 말해서 한쪽 부모가 없는 지금의 상태가 훨씬 편하다고 했다. 부모들의 갈등으로 인한 잦은 다툼과 폭력 등으로 얼마나 고통을 당했으면 차라리 이혼한 상태가 낫다고 느껴질까 싶어 마음이 착잡했다. 어느 아이는 아버지가 알코올 중독으로 병원에 입원해 있는데 만일 퇴원을 해서 집에 오게 되면 엄마가 이혼한다고 했다면서 울음을 터트렸다.

이혼 당사자들인 부모는 자신들의 고통이 너무 커서 자녀들의 아픔을 미처 돌아볼 여력이 없었을 거라는 사정을 충분이 이해할 수 있다. 그러나 아이들이 받는 상처는 어른이 생각하는 것보다 훨씬 치명적이다. 우선 부모가 이혼을 결정한 사실을 아는 순간 자녀들은 엄청난 소외감을 느끼게 된다고 한다. 물론 마음속으로만 느낄 뿐 겉으로 드러내지는 않는다. 아무도 가르쳐 주지 않았지만 자신들의 의견이 아무 효력이 없다는 것을 알고 있기 때문이다. 표현하지 못한 상처는 정서적 장애로 남아 어른이 되었을 때 사람들과의 관계 맺기에 어려움을 겪게 하기도 한다.

이혼을 결정하기까지 두 사람은 깊이 고민하고 생각했을 터이다. 누구보다 당사자들이 괴로울 것은 두말할 필요조차 없을 줄 안다. 그러나 조금만 관심을 가지고 돌아보면 당사자들 못지않게 상처 받고 있는 내 아이들이 있다.

R.W. 앨리 그림의 동화책, 『난 이제 누구랑 살지?』는 부모가 이혼했을 때 어떻게 아이를 위로해주어야 하는지 안내해주는 책이다. 부모의 별거나 이혼을 겪는 아이들의 실화를 바탕으로, 가족

간의 어려움이 닥쳤을 때 대처하는 방법에 대해서도 일러준다.

부모가 이혼을 하면 아이들은 우선 잘못이 자신들에게 있는 것이 아닌가 하는 혼란에 빠지게 된다고 한다. 더 심하면 부모의 이혼이 마치 자기가 뭘 잘못해서 그렇게 된 것 같아 죄책감을 느끼기도 한단다. '자신들이 잘못해서'라는 생각 때문에 심리적으로 위축되고 우울감에 빠지기도 한다. 부모의 이혼으로 인해 한쪽 부모와 헤어지거나 아예 부모 모두와 떨어져 살게 될 경우, 버림받았다는 소외감과 상처는 어른들이 상상할 수 없을 만큼 크고 치명적이다. 심한 경우 부모의 이혼에 따른 상처와 반감으로 인해 자신을 방치해버리는 결과에 이르기도 한다. 독서치료 수업에 참여한 이혼 가정의 아이들을 보면 엄마든 아빠든 한쪽 부모와 같이 사는 아이들은 그나마 나은 편이었다. 그런데 조부모에게 맡겨진 아이들은 극심한 상실감과 어른들에 대한 불신과 분노로 인해 자존감이 매우 낮았다. 매사에 자신감이 없고 어떤 일을 결정하는 데 주저하고 어려워했다.

부모는 이혼을 하게 되면 먼저 아이에게 솔직하고 자세하게 상황을 설명해주어야 한다. 이혼하는 이유를 알려주고 아이가 어느 쪽 부모와 살고 싶은지 등의 의견을 최대한 존중해주는 것도 중요하다고 했다. 어느 날 갑자기 한쪽 부모가 없어지는 상황은 아이들에게 얼마나 충격적일까. 그리고 엄마 아빠의 이혼은 두 사람만의 문제라는 것도 반드시 설명해주어야 할 것이다. 이혼으로 인해 한쪽 부모와 헤어져 살더라도 아이를 사랑하는 마음은 절대 변하지 않는다는 믿음을 줄 필요도 있다. 그리고 또 하나, 절대 잊어서는 안 되는 대목이 있다. 바로 자신들의 이혼으로 상처를 받게 된 자녀들에게 진심으로 사과하고 용서를 비는 일이다. 부모의 이혼으로 인해 충격을 받은 아이들은 당장 사과와 용서를 받아들이기는 어려울 것이다. 그러나 시간이 지나면 사과와 용서를 구한 부모와 그렇지 않은 부모에 대한 아이들의 정서는 많은 차이가 있을 것이다.

요즘은 달라졌지만 부부가 이혼을 하면 한쪽 부모와는 아예 왕래를 끊게 하는 경우가 많았다. 아이에게 아버지 혹은 엄마를 절대 만나서는 안 된다고 윽박지르기까지 한다. 거기다 한쪽 부모가 재혼이라도 하게 되면 거의 남남이 되다시피 하는 경우도 종종 있다. 아이의 의사와는 전혀 상관없이 재혼한 부모와 절연을 강요하기도 한다. 그런 결과로 상실감을 이기지 못해 우울증이나 대인기피증으로 심리 치료를 받는 아이들이 의외로 많다고 한다.

40대 중반에 심각하게 이혼을 고민해 본 적이 있다. 이 사람과 앞으로 생을 마감할 때까지 살 자신이 있는지 스스로에게 물어보았다. 남편과 심하게 다투거나 실망을 했을 때는 더 부정적인 쪽으로 마음이 기울었다. 하루에도 수십 번씩 마음이 바뀌었다. 그러다가 세 명의 아이들 얼굴을 떠올리면 자신이 없어지곤 했다. 아무런 준비도 없는 아이들에게 어느 날 난데없이 엄마와 아빠가 갈라서는 엄청난 충격과 고통을 줘야 한다고 생각하니 용기가 나지 않았다. 머리를 싸매고 고민할 때마다 결혼식 날 죽어도 그 집 귀신이 되라던 엄마의 말도 떠올랐다. 이혼은 두 사람만으로 끝나는 문제가 아니라 아이들을 포함한 가족 전체에 엄청난 영향을 미치기 때문이었다.

시간이 한참 지난 뒤에 남편과 그때의 일을 이야기할 기회가 있었는데 남편 역시 아이들 때문에 그럴 수 없었다는 말을 하며 쓰게 웃었다. 이혼을 결정하기까지 당사자들은 얼마나 많은 고민을 했을까. 충분히 짐작이 간다. 그러나 이혼이라는 극단적인 선택을 하기에 앞서 자녀에게 미칠 영향을 한 번 더 신중하게 고민해 볼 필요가 있을 것 같다.

안기호, <그대 앞에 봄이 있다 50>, oil on canvas, 116X91

6

대한민국에서
남자, 여자로 살기

가부장 사회

대한민국에서
남자, 여자로 살기

가부장 사회

　　두 달 전 먼 친척의 부음을 받았다. 아버지와 칠촌 간인 그분에게 나는 어른들이 시키는 대로 언니라고 불렀다. 나이 차가 큰 여자에게 언니라고 부르는 것이 어색했지만 촌수를 따지면 그렇게 된다고 했다.

　　그 언니는 87세로 돌아가실 때까지 평생을 거의 혼자 살았다. 열일곱 살에 결혼해서 첫애를 임신하고 석 달 정도 되었을 때 사고로 남편을 잃었다. 운동선수였던 유복녀인 딸도 고등학교 2학년 말에 자살하고 말았다. 딸이 죽고 나서 언니는 여동생의 중매로 나이 많은 남자와 재혼을 했는데 그 남편도 4년 정도 지나서 암으로 세상을 떠나고 말았다. 그런 언니를 두고 어른들은 팔자가 세서 남자를 잡아먹는다고 쑥덕대며 흉을 봤다. 손가락질하는 어른들을 보며 어린 생각에도 두 명의 남편이 죽은 것이 왜 언니 때문인가 하는 생각이 들었다. 사람들이 등 뒤에서 무슨 말을 하든 말든 언니는 씩씩하게 살았다.

어릴 때 기억으로 언니는 밥과 술을 파는 작은 식당을 운영했다. 시장 한 귀퉁이에 탁자가 서너 개 정도 되었는데 주로 콩나물비빔밥이나 시래깃국 등, 싼 음식을 팔았다. 가끔 엄마를 따라 시장에 가면 언니의 식당에 들리곤 했는데 그럴 때면 고추장에 비벼 내주는 매운 비빔밥을 호호 불어가며 먹곤 했다.

어른들끼리 쉬쉬하며 소곤대는 이야기 중엔 언니의 연애 사건도 있었다. 언니의 연애 대상은 방앗간 주인이 되었다가 철물점 사장이 되었다가 난전에서 배추 파는 아저씨가 되기도 했다. 어렸던 나는 그 진실을 알 수 없었고 아무도 내게 사실을 알려주지 않았지만 그런 소문들은 한동안 끊이지 않았다. 그렇게 많은 애인들이 있었는데도 언니는 늘 혼자였다.

언니에게는 남동생 한 명과 여동생 세 명이 있었는데 그중 막내 여동생이 모든 일들을 도와주었다. 한글을 모르는 언니를 위해 동생이 은행이나 관공서 등의 일들을 대신 맡아 해주었다. 병원에 갈 일이 있어도 꼭 따라가고 생일이나 명절을 챙기는 것도 잊지 않았다. 말하자면 동생이 언니의 보호자 겸 후견인인 셈이었다.

혼자된 언니를 그렇게 살뜰하게 보살피는 동생을 두고 집안 어른들은 복 받을 거라며 덕담을 했다. 누군가는 애먹이는 아들놈보다 여동생이 훨씬 낫다는 말까지 했다.

동생 덕분에 어려움 없이 살았던 언니는 죽을 때도 고통 없이 하늘나라로 갔다. 이틀 정도 몸살 기운이 있다고 했는데 사흘째 저녁에 조용히 눈을 감았다. 동생은 장례까지 묵묵히 치러주었다.

문제는 장례를 치르고 나서였다. 생전에도 언니의 온갖 궂은일을 도맡아 해주었던 동생은 남은 옷가지와 살림도구까지 꼼꼼히 정리했다. 그 과정 중에 꽤 큰돈이 발견되었다. 화장대 서랍에서 발견된 통장에 무려 2억 원이 예금되어 있었다. 갑자기 생긴 큰돈을 놓고 언니의 동생들은 몇 날 며칠을 두고 공방을 벌였다. 서로 내가 얼마나 살아생전의 그 언니에게 헌신적으로 잘해주었던가를 침을 튀기며 열을 올렸다. 그러나 결과적으로 그 많은 돈은 언니 남동생의 아들에게로 돌아갔다. 법이 그렇다고 했다. 결혼한 여자가 남긴 유산은 배우자나 자녀들에게 돌아가는데 언니에게는 남편도 자식도 없었다. 그럴 경우에는 친정의 남자 형제에게 가는데 한 명이었던 남동생도 이미 이 세상 사람이 아니었다. 결국엔 남동생의 외아들 몫이 되었다. 어느 날 갑자기 거금을 손에 쥐게 된 조카는 이게 웬 횡재인가 싶어 입을 다물지 못했다지만 언니의 여동생은 한동안 허탈감에 빠져 있었다. 친척들은 언니의 동생이 조카 몫이 된 돈 때문에 배탈이 났다고 했지만 동생의 생각과는 거리가 멀었다. 동생은 조카 몫이 된 돈 때문에 화가 난 것이 아니라 딸과 아들에게 적용되는 불공평한 법에 화가 났던 것이다.

지난 토요일은 엄마의 기일이었다. 텔레비전에 비친 남해고속도로는 만개한 벚꽃 구경을 나온 차들로 미어터지고 있었다. 마침 그날은 청명 한식이 겹친 날이라 성묘객들까지 더해져 도로는 그야말로 거대한 주차장 모습이었다.

화면을 보고 있는데 문득 생전의 엄마 모습이 떠올랐다. 그때도 지금처럼 벚꽃이 활짝 필 때였는데 엄마가 불쑥 "저 봐라. 저 벚꽃은 죽은 듯이 말라 있다가도 봄이 되니 저리 다시 피는데 우째 한 번 간 니 아부지는 돌아올 줄 모르노." 하며 돌아가신 아버지 생각에 슬퍼했다.

생전의 엄마는 아버지가 돌아가시고 나서 30여 년을 혼자 살았다. 엄마는 길을 가다가도 아버지가 좋아했던 음식이 눈에 띄면 곧잘 사들고 오곤 했다. 엄마는 30년 동안 매일 아버지를 추모했다. 늘 아버지를 그리워했던 엄마는 언젠가 "백만 원 주고 한 시간 만나게 해주면 일 년에 한 번씩 그렇게 하겠는데…."라는 말까지 했다. 엄마에게 아버지의 제사는 음식을 차려 놓고 절을 하는 행위를 넘어선 더 큰 의미였다. 아버지의 기일은 사랑하는 사람을 만나는 날이고 기쁨이고 행복이고 그리움으로 상한 마음을 치유하는 날이었다. 아버지의 기일은 잔칫날 같기도 했다. 그렇게 아버지를 그리워하던 엄마도 몇 년 전 돌아가셨다. 엄마가 돌아가셨으니 이제 아버지와 엄마 제사는 유일한 아들인 오빠가 모시게 되었다.

제사에 관한 엄마의 생각은 거의 집착 수준이었다. 딸 둘을 낳고 제삿밥 차려줄 아들인 오빠를 얻기 위해 기울인 정성은 눈물겹기까지 하다. 정성을 다한다는 명목으로 한겨울에 찬물에 목욕을 하고 사흘씩이나 밤샘을 한 정도는 오히려 약과다. 심지어 아들을 낳게 해준다는 무당에게 쌀자루까지 바쳤다고 했다. 이유야 어찌 됐든 엄마는 그렇게 고대하던 아들을 얻었고 조상들에게 제사상 올릴 아들을 낳은 엄마의 위상은 한 단계 높아졌다.

조상에게 제사 지낼 아들을 낳음으로써 엄마는 권력의 반열에 올라섰다. 시부모 앞에서도 아들이 없던 때와는 다르게 어깨에 힘이 들어가고 떳떳하기만 했다.

이하천의 『나는 제사가 싫다』는 책이 여러 방송 매체에서 소개되는 걸 보고 대체 어떤 내용일까 궁금했다. 처음엔 호기심으로 읽었고 다음엔 독서치료를 통해 읽게 되었다. 몇 번 읽는 동안 사람들의 관심을 끈 이유를 알 것 같았다.

제목만 언뜻 본다면 저자는 제사란 제도를 개인적으로 싫어하며 부정하는 것처럼 보일 수도 있다. 그러나 조금만 깊이 들어가 보면 그게 아니라는 것을 금방 알 수 있다. 저자는 오랜 세월 동안 이 땅을 지배하고 있는 가부장 제도의 모순에 대해 외치고 있다.

오늘날 제사가 이처럼 완강한 힘으로 여성과 사회를 지배할 수 있게 된 배경, 그리고 우리나라 사회 전반에 걸쳐 만연해 있는 가부장 제도의 폐해에 대해 경고한다.

쉽고 간단하게 말하자면 한 남자와 여자가 결혼하는데 양쪽 가족의 입장은 완전히 다르다. 신부의 가족은 사위를 맞이하지만 신랑의 가족은 일꾼을 한 명 얻는다 생각한다고 말한다면 지나치다고 할까. 결코 비약이 아니라고 본다. 정도의 차이는 있겠지만 현재 40대 이상의 결혼한 여성 대부분은 그렇게 느끼지 않을까 싶다.

언젠가 TV에서 보았던 일이 기억난다. 오십 대 초반의 남성이 부모의 묘 앞에 막을 치고 시묘살이를 하고 있는 모습이었는데 조금은 어이없어 하며 보았던 것 같다. 옆에서 함께 보던 아이들이 마치 외계인 세상일을 보듯 신기해했던 기억도 있다. 그런데 한 가지 재미있는 것은 남편의 태도였다. 아이에게 자기가 죽으면 저렇게 하겠느냐고 물었고, 당연히 아이는 말도 안 된다며 일축해버렸다. 남편의 얼굴에 섭섭한 표정이 이는 것을 나는 놓치지 않았다. 또 한 번 남성과 여성의 근본적인 사고의 차이를 확인했다.

남편도 아이가 정말로 시묘살이 하기를 원해서는 아니었을 줄 안다. 그러나 말만이라도 그렇게 해주기를 바라는 일말의 바람이 있지 않았을까? 제사는 남은 자손들이 돌아가신 조상을 잊지 않고 기리는 행위라고 본다. 그런데 이렇게 순수하고 순정해야 할 제사가 때론 무지막지한 권력으로 돌변하기도 한다. 결국 가부장 제도는 강자의 역사다.

집이 꽤 부유한 남자와 결혼한 친구가 모임 자리에서 열변을 토했다. 목에 핏대를 세워 가며 쏟아놓는 말을 가만히 들어보니 제사와 장남에 대한 말이었다. 내용인즉 자기 부부가 장남과 맏며느리인데 시부모님이 둘째 아들에게 사업자금을 대주려고 한다는 것이었다. 시부모가 돌아가시면 자신들이 제사를 모실 건데 장남한테 물어보지도 않고 둘째에게 사업자금을 대준다니 그게 말이 되느냐며 펄펄 뛰었다. 옆에서 듣고 있던 입바른 친구가 어차피 그 재산이 너희가 번 것도 아닌데다 또 시부모도 당신들이 번 걸 당신들 마음대로 하는데 맏며느리라고 따질 권리가 있느냐고 물었다. 그 친구는 한술 더 떠서 요즘 딸 아들 권리가 다 같은데 그렇게 난리 피운다고 뭐가 달라지겠냐는 말까지 덧붙였다. 그러자 맏며느리 친구가 의기양양하게 "제삿밥 차려줄 사람이 난데도?" 하고 일갈했다. 하긴 제사 지내줄 아들을 얻기 위해 연년생으로 딸을 여덟 명씩이나 낳은 집도 있다. 형편이 어려워서 끼니를 걱정해야 하는데도 불구하고 말이다.

　제사는 집안의 조상을 기억하고 추모하는 의식인데 정작 그 일을 몸 바쳐 직접 행하는 사람은 여성이다. 그에 따르는 정신적, 육체적, 심지어 물질적 부담까지도 여성이 책임지는 경우가 많다. 그런데도 제사는 남성의 권리가 된 지 이미 오래다.

　나는 단 한 번도 내 사후에 자식들이 제사를 어떻게 할까 따위를 생각해보지 않았다. 내가 그렇게 생각해보지 않은 데에는 제사가 필요 없다거나 소용없다거나 하는 것과는 다른 이유에서다. 나는 어릴 때부터 제사 때마다 거의 몸살을 해대는 어머니를 보아오며 제사에 따른 폐단이랄까, 불합리랄까, 아무튼 그런 생각을 키워왔던 것 같다. 엄마는 몇 날 며칠을 준비해서 제사상을 차리지만 여자이기 때문에 절을 하는 의식에는 참여하지도 못했다.

제사나 명절만 되면 심적 부담 때문에 병이 나는 여성들의 경우를 많이 보아왔다. 많은 여성들이 처음부터 그렇게 되지는 않았을 줄 안다. 처음엔 마음과 정성을 다해 제사를 모셨지만 회를 거듭할수록 수고에 대한 위로나 고마움의 표시는 없고, 질책만 더해지는 과정을 겪는 동안 그렇게 변하지 않았을까 싶다. 제사 때가 다가오면 가슴이 두근거리고 머리가 어지럽고 불안해지는 마음의 병으로 고통받는 많은 여성들의 아픔을 누가 어떻게 치유해줄 수 있을까. 제사라는 제도 자체를 규탄할 마음은 없다. 그보다는 제사는 조상을 추억하고 일가친척과 형제들이 모여서 서로의 안부를 물으며 음식을 나눠 먹는 잔치여야 한다는 생각이다.

안기호, <어디서 무엇이 되어-30>, oil on canvas, 90.9×72.7

7

결혼하면 행복한가요

결혼과 이혼

결혼하면 행복한가요

결혼과 이혼

　　　　조카가 결혼을 한다. 처녀가 서른을 훌쩍 넘겼으니 이것저것 따질 계제가 아니었단다. 저가 좋다는 사람 있을 때 후딱 보내버리겠다는 언니의 말에 그동안 상대를 놓고 꽤 까탈을 부렸던 걸 알고 있기에 충분히 이해가 됐다. 하기야 신랑도 신부 못지않게 꽉 찬 나이라고 하니 양쪽 다 바쁘기도 했으리라. 물론 결혼하면 행복하고 하지 않으면 불행하다는 극단적인 잣대를 들이댈 수는 없다.

　딸 때문에 적잖게 속을 끓여온 언니는 이제 한숨 돌리겠다며 모처럼 웃는 얼굴을 했다. 그러나 말끝에 한숨이 나오는 것을 보면 혼수 준비 또한 만만치 않은 부담이 되는가 보다. 물론 결혼은 두 사람의 마음이 가장 중요하겠지만 혼수 역시 소홀이 해버릴 수만은 없는 조심스러운 부분일 터였다.

신랑은 공대를 나와 건설회사에 다닌다고 했다. 공사 현장을 따라다녀야 하는 것이 좀 걸리지만 그런 정도는 감수할 각오가 되어있어 문제 될 것은 없겠단다. 신문 방송학과 출신으로 여성잡지를 만드는 출판사에서 일하고 있는 조카는 결혼을 결정하기까지 제법 많은 시간을 고민했다. 결혼과 일 중에 하나를 선택해야 했기 때문이었다. 결혼을 하게 되면 어쩔 수 없이 사표를 내야 한다고 했다. 대놓고 쫓아내지는 않지만 웬만큼 배짱이 두둑해도 배겨 낼 수 없는 분위기이니 결국엔 나오게 될 거란다. 이런 실정이니 대부분의 여자는 결혼과 동시에 실직자가 될 수밖에 없지 않으냐며 조카는 흥분했다. 자신의 결혼이 늦어진 데에는 이런 이유가 있었다는 말도 덧붙였다.

어찌 되었건 조카는 신랑감에 대해서는 만족해하는 것 같았다. 조카는 한참 동안 신랑의 첫인상은 별로였는데 자꾸 만나다 보니 정말 괜찮은 사람이었다는 등, 자랑인지 험담인지 모를 말들을 늘어놓았다.

종달새처럼 조잘대는 조카의 말을 듣고 있는데 돌아가신 엄마가 생전의 어느 날 "결혼은 꼭 해야 되나." 하던 말이 떠올랐다. 그 순간 언니와 나는 동시에 서로의 얼굴을 바라보았다. '이게 무슨 말인가. 결혼을 꼭 해야 하느냐니, 그럼 경우에 따라서는 안 해도 된다는 말이 아닌가' 하는 생각을 동시에 한 것 같았다. 귀가 의심스러웠다. 도무지 우리가 알고 있는 엄마의 입에서 나올 수 없는 말이었다.

엄마는 입버릇처럼 여자는 제 아무리 잘나고 똑똑해도 결혼해서 자식 낳아 기르고 남편 내조하는 것 이상 중요하고 가치 있는 일은 없다고 했다. 자라면서 귀에 못이 박힐 정도로 많이 들었던 말이었다. 그뿐만 아니라 내가 기억하기로 엄마는 아버지를 진정으로 존경하고 사랑했다. 언젠가 나에게 당신의 결혼식 이야기를 해주던 모습이 떠오른다. 신랑 얼굴도 모르고 초례청에 나갔는데 앞에 선 아버지가 그렇게 멋있게 보일 수가 없더란다. 그래서 사람들이 놀릴까 봐 신경 쓰이면서도 자꾸 아버지에게 눈이 가는 것을 어쩔 수 없었다고 했다. 그런 말을 할 때의 엄마 얼굴은 비록 나이 들어 주름지고 거칠어졌지만 표정만은 어느 새색시보다 아름답고 행복해 보였다. 그랬기에 엄마가 결혼에 대해 회의를 느낄 거라는 것은 꿈에도 생각하지 못했다. 그런데 과연 무엇이 엄마에게 저런 마음이 들게 했을까.

깜짝 놀란 언니와 나는 눈이 둥그레졌지만 엄마는 아무렇지 않다는 듯이 들고 있던 주스 잔을 비웠다. 왜 갑자기 그런 생각이 들었느냐고 묻자 그냥 그런 생각이 들었다고 했다. 그리고는 잠시 생각하는 눈치더니 결혼을 하고 자식을 여럿 낳아본들 무슨 소용이 있느냐. 젊어서 뼈가 녹을 정도로 남편과 자식들을 위해 일을 하고 헌신했지만 늙으면 어차피 이렇게 혼자가 되는데. 그럴 바에야 차라리 처음부터 자신이 하고 싶은 일이나 하며 맘 편하게 혼자 사는 것이 더 나을 수도 있지 않겠나 싶다나. 얼음주머니를 갖다 댄 것처럼 가슴이 서늘했다. 얼마나 외로움이 사무쳤으면 저런 생각이 들었을까. 아버지가 돌아가시고 혼자 계시는 것이 걱정되어 전화라도 드리면 늘 괜찮다고만 하셔서 정말 그런 줄 알았는데. 그게 아니었던 모양이었다. 자식들 맘 편하게 해주려고 하신 말씀을 곧이곧대로 들었으니 미련했던 내 머리를 한 대 쥐어박고 싶었다. 한동안 언니와 나는 아무 말도 하지 못했다.

중학교 동창인 민주의 일은 생각할수록 가슴 아프다. 꼭 보고 싶은 영화가 있어 혼자 영화관에 갔는데 화장실에서 하마터면 뒤로 자빠질 뻔했다. 휴지통을 비우고 있던 여자 때문이었다. 거짓말처럼 눈앞에 민주가 서 있었다. 벌떡거리는 가슴을 진정시키고 나서야 천천히 그녀 앞으로 다가갔다. 그때까지도 그녀는 나를 알아보지 못하고 멀뚱하게 쳐다보기만 했다. 민주야 하고 그녀의 이름을 부르는데 왈칵 눈물이 나왔다. 그 곱던 얼굴이 꺼멓게 말라 있고 머리도 백발이었다. 친구들 중 가장 멋쟁이였던 처녀 시절의 모습은 어디에서도 찾을 수 없었다. 내가 더욱 놀란 이유는 그녀의 옷차림 때문이었다. 한여름이었는데도 위에 제법 두꺼운 카디건을 걸치고 있었다. 대조적으로 바지는 비쩍 마른 허벅지가 훤히 드러날 만큼 짧았다.

"민주야, 너 민주 맞지?" 내가 몇 번이나 이름을 불렀을 때에야 그녀는 마지못한 듯 희미하게 웃었다. 벌어진 입 사이로 누렇게 니코틴에 찌든 썩은 이가 보였다. 순간 민주가 미쳤구나 싶어 가슴이 와들와들 떨렸다.

그녀가 청소부로 일한 지는 벌써 십 년이 넘었고 이곳에 온 지는 며칠밖에 안 되었다고 했다. 그 세월 동안 알코올 중독자였던 남편과는 헤어지고 하나 있는 아들과 산다고 했다. 아들 또한 고등학교도 졸업 못한 터라 변변한 직업 없이 닥치는 대로 아르바이트를 하고 있다 했다. 그녀의 얼굴이나 두 손은 나무껍질처럼 거칠어져 있었다. 눈도 초점을 잃고 불안하게 껌뻑거렸다.

이야기를 하는 도중에도 그녀는 간간이 땅이 꺼져라 한숨을 쉬었다. 그녀는 이제 눈물조차 말라버려 어지간한 일에는 감정의 변화도 느껴지지 않는다고 했다.

그녀는 5년 동안 사귀던 애인을 버리고 가장 친했던 친구의 애인과 결혼했다. 그때 그녀는 임신 중이었고 아이는 물론 친구 애인의 아이였다. 걱정하는 친구들에게 그녀는 자기들이 서로 사랑해서 하는 결혼이니 아무 문제가 없다며 활짝 웃어 보였다. 남자가 지나치게 술을 좋아한다는 점이 마음에 걸렸지만 아무도 두 사람의 결혼을 말리지는 못했다. 더구나 그녀는 남자에게 흠뻑 빠져 있었고 미래에 펼쳐질 장밋빛 인생을 상상하며 행복해했다. 결혼을 하고 여섯 달 뒤에 아이를 낳았고 그 아이가 지금의 아들이다. 아들을 낳았다는 말을 들은 것을 끝으로 몇 년간 모르고 지내다가 소식을 듣게 되었는데 거의가 나쁜 소문이었다. 마지막으로 들었던 소식은 아주 좋지 않았다. 그녀가 알코올 중독자 남편에게 거의 매일 맞고 산다는 것이었다. 남편에게 맞아서 둘째 애를 잃었다는 말도 있었다. 친구의 애인까지 뺏어서 결혼했으면 잘살아야

지 이게 무슨 꼴이냐는 말이 입안에서 맴돌았지만 그녀의 초라한 행색 앞에 말이 나오지 않았다.

김선희의 『결혼하면 행복한가요?』는 700쌍 부부들의 상담 사례를 소개하고 있다. 부부가 사는 모습은 실로 다양하다.

결혼은 두 사람만의 관계로 끝나는 것이 아니다. 양쪽 부모와 가족, 그리고 친지들까지 맺고 있던 관계가 결혼과 함께 한 공간 안으로 들어오게 된다. 남남이었던 사람들이 가족이라는 이름으로 묶어진다. 그러나 각자 살아왔던 환경은 당연히 다르다. 부모에게 받은 양육 방식과 삶을 대하는 태도, 가치관, 경제 수준 등등. 그런 중에도 가장 중요한 부분은 두 사람의 마음속에 내재된 어린 시절의 자아다. 어른이 된 지금의 모습 안에는 어린 시절의 내가 있기 때문이다. 결혼은 두 사람이 아니라 어린 시절의 나를 포함한 네 사람이 한다는 말 또한 일리 있는 말이다. 결혼은 끝없는 장애물 경기와도 같다.

이렇게 많은 사안들이 단지 결혼했다는 이유 하나만으로 하루아침에 같아지거나 무조건 수용될 수는 없을 것이다. 제멋대로 생긴 돌을 깎아 조각품으로 만들 듯 시간과 노력이 필요할 줄 안다. 원만한 결혼생활은 결코 그저 얻어지지 않는다.

30대 중반에 이혼한 미애 씨는 지금 혼자 지내고 있다. 이혼 당시 초등학교 3학년과 1학년이었던 아들과 딸은 다 결혼해서 각자

가정을 이루었다. 자식들은 자라는 동안에도 특별히 애를 먹이거나 비뚤어진 적이 없었다. 성실한 탓에 직장도 안정적이다. 자식들이 아버지를 닮지 않아서 다행이라며 미애 씨가 쓴웃음을 지었다.

미애 씨와 남편은 직장 동료로 만났다. 그런데 미애 씨의 남편은 결혼하기까지 사귀는 2년 동안에 직장을 3번이나 옮겼다. 문제는 결혼 후에도 습관적으로 직장을 바꾸는 거였다. 그것만이 아니었다. 밥 먹듯 여자를 바꿔 가며 외도를 했다. 미애 씨가 여자관계를 추궁하면 남편은 사납게 돌변하여 날뛰었다. 자신의 외도를 당구나 테니스 게임에 비유하며 별 거 아니라고 오리발을 내밀던 미애 씨의 남편은 급기야 미애 씨를 마당에 내동댕이치기까지 했다. 미애 씨는 그때 창자가 터지는 줄 알았다며 흥분했다. 그 일을 계기로 미애 씨는 이혼을 결심했다. 아무런 경제적인 능력도 없는 상태였지만 아이들은 미애 씨가 맡았다. 정서적으로 문제가 있는 남편에게 아이들을 맡길 수는 없었다. 미애 씨는 지금 만약 그때와 같은 상황이 온다 해도 이혼하겠다며 절대 후회하지 않는다고 말했다.

누군가 우스갯소리로 산에 가서 도 닦을 생각 말고 결혼생활 10년만 해보라는 말을 했다. 맞는 말일 것 같다. 결혼생활은 영원히 풀기 어려운 해답 없는 수수께끼다.

안기호, <겨울이야기 30-1>, oil on canvas, 90.9×72.7

8

내가 진정 바라는 것

소통과 공감

내가 진정 바라는 것

소통과 공감

봄비치곤 제법 많은 비가 내렸다. '봄비, 나를 울려주는 봄비 언제까지 내리려나 마음마저 울려주네.' 뜬금없이 노래 한 자락이 떠올랐다. 흥얼거리며 차 한 잔을 들고 베란다에 서서 밖을 보고 있는데 전화벨이 울렸다. 천천히 수화기를 든 이유는 상대방이 누군지 짐작하기 때문이다. 예상대로 그 친구다. 내가 여보세요 하기도 전에 울음에 가까운 목소리가 터져 나온다. 나는 조금 난감해졌다. 처음 당하는 일이 아닌데도 매번 당혹스럽다. 조용히 그녀의 격정이 가라앉을 때까지 기다리는 수밖에. 잠시 후 울음을 그친 그녀는 착 가라앉은 목소리로 나 어쩌지 어떡해야 하지 하는 말을 되풀이했다. 그리고는 말끝에 오늘 아침 몸무게를 달아보니 무려 2kg이나 늘었단다. 친구의 심정이야 충분히 이해가 갔지만 몸무게 때문에 아침부터 눈물 바람이라니, 피식 웃음이 나왔다.

친구는 요즘 다이어트 중이다. 그러나 여느 여자들처럼 단지 미용이나 건강상의 이유 때문만은 아니다. 그녀의 말을 빌리자면 목숨이 달린 일이란다. 얼마 전, 그녀의 남편이 현재의 몸무게에서 10㎏을 빼기 전에는 자기 옆에 올 생각도 하지 말라고 했단다. 여자가 얼마나 미련하면 제 몸 하나 제대로 관리 못하느냐며 사뭇 경멸하듯 쏘아붙이기도 했다. 옆집 여자의 날씬하고 탄력 있는 몸매를 칭찬했음은 물론이다.

친구는 남편의 태도에 분개하며 하소연을 늘어놓았다. "세상에 어쩌면 사람이 그렇게 변할 수 있니. 연애할 때는 통통한 몸매가 귀엽고 사랑스럽다며 입에 침이 마르더니 이제 와서는 뚱뚱해서 보기만 해도 숨이 막히고 덥다니. 아무리 생각해도 그이 마음이 변한 것 같아. 이건 단연코 나에 대한 사랑이 식었기 때문일 거야." 덧붙여 남편이 끝까지 태도를 바꾸지 않는다면 같이 살 수 없다는 말까지 했다. 남편을 성토하며 울다 웃다 하던 친구는 운동하러 가야겠다며 전화를 끊었다.

결혼 전 두 사람의 연애는 친구들 사이에 일대 사건이었다. 두 사람은 하루에 세 번씩 만나기도 했다. 그러고도 헤어지기 싫어 집 앞 골목길을 열 바퀴도 넘게 돌았다던가. 이른바 너무 좋아 죽고 못 사는 사이였다. 그랬던 그녀의 연인이 이제는 바라보는 것조차 부담스러워 한다니 세상일이란 알 수 없는 것이었다. 무엇이 그 사람의 마음을 홱 돌려놓았는지. 혹 어차피 세상에 영원한 것은 없다는 평범한 진리처럼 세월 따라 사랑이 식었기 때문일까. 아니면 어느 광고 문구처럼 사랑도 움직이는 것이기에 친구에게 머무른 시한이 다한 것일까. 글쎄, 그런지도 모르겠다.

세상의 많은 연인들은 영원히 같이 있고 싶어 결혼을 선택한다. 어느 날 폭풍처럼 사랑이 찾아오면 멀미하듯 흔들리고 아파하고 기뻐하고 고민하며 사랑을 키운다. 그리고 결혼으로 사랑을 완성한다. 함께 아침을 맞고 함께 식사를 하고 그리고 자식을 낳는 결혼. 친구도 그렇게 결혼했다. 그런데 이제 와서 몸무게 따위가 두 사람의 사랑을 위협하다니.

항간에 떠도는 말로 사랑의 유효 기간은 3년이라던가. 아이들 말로는 그것도 이미 옛말이 된 지 오래이며 요즘은 길면 3개월, 짧으면 3주란다. 바야흐로 사랑의 유효 기간도 초스피드 시대에 놓여 있는 셈이다.

나는 시누이의 소개로 남편을 만나 약 1년의 교제 기간을 거쳐 결혼했다. 남편 이외에 내가 알고 있는 남성은 아버지와 오빠가 유일했고 이성교제가 없었던 나는 남성에 대해 아는 것이 전무했다고도 할 수 있다. 남편을 사랑했고 서로 간절히 원해서 결혼했다. 결혼만이 헤어지지 않고 함께 있을 수 있는 방법일 것 같았다. 양가 부모님들도 우리 두 사람의 결혼을 흡족해하며 축복해주었다.

둘째 아이를 낳을 때까지는 비교적 서로에 대한 애정과 신뢰감을 유지하는 결혼 생활이 이어졌다. 그러나 늦둥이인 셋째를 낳고 나서부터 나는 스스로도 걷잡을 수 없는 감정의 회오리에 휩싸였다. 가장 극심했던 때가 30대 말에서 40대 중반이었다.

남편에 대한 실망과 추락해버린 신뢰감에 대한 분노로 나는 매일 화가 나고 미칠 것 같았다. 남편 때문에 내 인생이 엉망이 된 것 같고, 심지어 남편 때문에 내 삶 전체가 유린당한 것 같은 억울함에 펄펄 날뛰었다. 남편은 남편대로 불같이 화를 내고 하루에도 몇 번씩 감정의 기복이 오르내리는 나를 보고 이해할 수 없다며 황당해했다.

도무지 영문을 모르겠다며 당황해하던 남편이 어느 순간부터 자신의 방법대로 반격을 가해왔다. 가능한 한 집 밖에서 시간을 보내고 바람직하지 못한 방법으로 즐거움을 찾으려 했다. 남편의 반격이 심해질수록 내 감정은 더 심하게 널뛰기를 했다.

그렇게 얼마간의 시간이 지났을 즈음, 거울에 비친 얼굴을 멍하니 바라보고 있는데 순간 '내가 왜 이러고 있나.' 하는 생각이 들었다. 그리고 잔잔하던 내 마음이 왜 이렇게 지옥 속을 헤매는 것처럼 괴로울까 하고 곰곰이 생각해보았다. 남편에게 하고 싶은 말을 다 못해서 그런 것 같았다. 인정받고 이해받지 못하고 있다는 느낌도 강하게 들었다.

나는 아이를 낳고 기르는 엄마였고, 남편의 뒷바라지를 하는 아내였으며 집안일을 도맡아 하는 역할을 했다. 물론 그런 일련의 일들을 하면서 행복과 보람을 느끼기도 했지만, 내 안에서 갈망하는 어떤 것을 채우기에는 부족했던 것 같았다. 그런 자각이 들자 나는 남편과의 대화를 청했다. 남편도 사태의 심각성을 깨달았는지 대화에 잘 응해주었고, 완전하지는 못했지만 내가 겪고 있는 고통에 대해 솔직하게 말할 수 있었다.

몇 차례의 대화를 하는 동안 서로에 대해 가지고 있던 편견이나 오해를 풀 수 있었고, 때론 대화로 인해 감정이 더욱 나빠지는 경우도 있었다. 대화를 하면서 남편과 나는 서로에 대해 잘 알고 있다고 생각해 왔던 것이 얼마나 피상적이었으며 또 서로에 대해 잘못 알고 있는 것이 이렇게도 많다는 사실에 놀랐다.

지금에 와서 생각해보면 누구나 한 번쯤 나와 같은 감정의 혼란에 빠질 수 있다고 생각된다. 완전할 수 없는 사람이기에 그럴 수 있다고 본다. 그러나 부부간의 문제가 발생했을 때 어떻게 해결의 실마리를 찾느냐 하는 것이 정말 중요하다는 생각이다.

게리 채프먼의 『5가지 사랑의 언어』는 사람과의 관계, 특히 부부 사이에 소통과 이해가 얼마나 중요하고 필요한가를 알려주는 길잡이다.

우리는 주위에서 어렵지 않게 헤어진 부부들을 볼 수 있다. 그들도 서로를 사랑할 때는 헤어지는 일 같은 것은 상상조차 하지 못하였을 것이다. 그러나 많은 사람들이 경험한 대로 사랑의 감정이 결혼생활을 하는 동안 처음처럼 계속 지속되지는 않는다. 사랑의 감정은 흐려지고 남는 것은 생활이며 당연히 상대의 결점이나 좋지 않은 버릇들이 눈에 들어오게 된다. 사랑의 감정이 풍부할 때는 웬만한 잘못이나 실수도 사랑으로 넘어가지만 사랑이 휘발되고 나면 상황은 달라지고 만다.

그러면 그렇게 중요한 사랑의 감정을 오랫동안, 혹은 영원히 유지할 방법은 없을까? 이 책의 저자인 게리 채프먼은 그 방법이 바로 '사랑의 다섯 가지 언어'를 남편과 아내가 함께 사용하는 것이라고 말하고 있다. '5가지 사랑의 언어'는 '함께하는 시간' '선물' '육체적인 접촉' '인정하는 말' '봉사' 등이다. 어느 하나도 소홀히 하거나 간과 해버려서는 안 되는 중요한 사안들이다.

많은 부부들이 위에 소개한 사랑의 언어들을 제대로 구사하지 못해 갈등을 겪고 고통을 받고 결국에는 이혼에 이르기까지 한다.

책에서 보여주는 여러 부부들의 사례는 조금도 특별하거나 유별나지 않은 평범한 우리 이웃들의 모습이다. 서로 상대가 원하는 사랑의 언어를 몰랐기에 어려움을 겪었지만, 아내나 남편이 원하는 제1의 사랑의 언어를 알고 나서는 놀랄 정도로 달라지는 예들이다.

이 책은 여러 가지 면에서 나에게 많은 생각을 하게 했다. 그동안의 결혼 생활에서, 내가 고민하고 분노하고 슬퍼했던 많은 일들이 한꺼번에 떠올랐다. 그리고 오랫동안 앓아오던 지병의 원인을 알았을 때처럼, 내 상처의 뿌리를 알 것 같았다. 또한 내가 이 책을 보고 놀란 이유는 그토록 오랫동안 많은 여성들의 관심과 사랑에 힘입어 책이 계속 읽히고 있다는 사실만이 아니다. 내용들을 읽어 내려가는 동안 어쩌면 부부의 문제는 동서고금을 막론하고 정도의 차이가 있을 뿐, 이토록 유사할 수 있을까 하는 생각 때문이었다.

남편과 나와의 관계를 생각해보았다. 이제는 너무나 익숙해서 남편이라기보다는 혈육처럼 가깝고 친근하고 편한 사이다. 그렇다고 서로에 대해 다 알고 있는 것 같지는 않다. 나는 아직도 가끔 남편이 낯설고 이해되지 않고 저이의 가슴속에는 무엇이 들어 있을까 하고 의문스러울 때가 있다. 함께 밥을 먹고 잠을 자고 생활하지만 때로는 타인처럼 느껴질 때도 있었다. 새삼 저 사람이 세 아이를 낳고 같이 살아온 사람인가 하고 스스로에게 반문한 적도 있다. 왜 그런 느낌이 들었을까.

곰곰 생각해보았다. 그동안 미처 생각하지 못했던 이유들이 깨달아졌다. 나와 내 남편은 서로가 진정으로 절실하게 원하는 사랑의 언어를 파악하지 못했던 것 같다. 아니, 어느 부분은 잘 알고 있다고 생각했지만 진정 서로가 원하는 언어를 구사하려는 노력은 하지 않았다는 것을 알게 되었다.

내 남편은 자상하고 다정한 성격의 소유자이다. 그래서 비교적 애정표현도 잘하고 체면이나 격식보다는 편리함과 실질적인 면을 우선시하는 편이다. 반면 나는 격식이나 제도를 중요시하고 남이 어떻게 생각할지 신경을 쓴다. 체면이나 주위의 눈 때문에 싫은 일을 할 때도 많다. 그러나 이런 정도의 차이는 아무것도 아니다.

남편과 내가 서로에게 바라는 사랑의 언어는 많이 다르다. 남편은 내가 원하는 사랑의 언어를 정확히 모르고 있거나 내가 진정으로 원하는 언어를 구사할 노력을 아예 포기한 것 같다. 결혼기념일 일만 해도 그렇다. 결혼은 연애만큼 달콤하지도 감미롭지도 않은 삶의 현장이다. 그런 연유로 대개의 여자는 결혼과 함께 자신이 여태까지 갖고 있던 많은 것들을 버리기도 하고 바꾸기도 한다. 나 역시 그동안 익숙했던 환경으로부터 낯선 장소로 옮겨 가야 했고 소중하게 여겨왔던 것들을 포기했다.

아이를 낳고부터는 점점 더 생활인으로서만 살아야 했다. 하루 종일 집안일을 하느라 저녁이 되면 몸을 가눌 수 없을 정도로 지쳤다. 그럴 때 엉뚱하게도 남편이 퇴근길에 장미 한 송이를 사 오면 좋겠다는 생각이 들곤 했다.

내가 생각해도 참 어이없다 싶었지만 바람은 수그러들지 않았다. 그 언저리쯤이었던 것 같다. 결혼기념일이었고 나는 남편이 장미 바구니를 들고 들어오는 상상을 하고 있었다. 결과는 무참했다. 결혼기념일 날 잠자리에 들 무렵에야 남편은 선심 쓰듯 돈 오만 원을 내놨다. 당신, 사고 싶은 거 하나 사. 아님 친구들과 밥을 먹든지 하면서. 내가 결혼기념일날 왜 친구들과 밥을 먹어야 하는지도 모를 일이었지만 남편은 오만 원으로 뭐든지 살 수 있다고 믿는 모양이었다. 그보다 남편은 내가 돈 오만 원보다 장미 한 송이를 더 기꺼워한다는 것을 모르고 있었다.

큰애의 대학 입시 때도 그랬다. 그동안 입시 뒷바라지한다고 수고했다는 말 한마디는커녕 기대했던 점수가 안 나왔다고 무섭게 화를 냈다. 남편은 거기에서 그치지 않았다. 에미가 자식 입시에는 관심도 없고 맨날 글 쓴다고 엎어져 있었으니 그 꼴이 아니겠냐며 애꿎은 소설까지 싸잡아 성토했다. 새벽에 일어나 도시락을 싸고 운전해서 등하교를 시키느라 몸이 파김치가 되어도 참았는데 위로는커녕 원망만 돌아왔다. 다른 사람들 말을 들어보면 남편이 그동안 수고했다고 가방도 사주고 여행도 보내준다던데 야속하기만 했다. 섭섭하고 억울하고 돌 것 같았다.

지금 생각해도 남편이 그때 인정하는 딱 한마디, 그동안 수고했다고 말해줬다면 얼마나 위로가 되었을까. 독서치료 프로그램 참여자들 상당수도 배우자에게 가장 원하는 언어가 인정이었다. 있는 그대로의 모습대로 인정하고 지지해주는 것 말이다.

이렇게 말하면 남편도 틀림없이 자신이 원하는 언어를 내가 모른다고 반박할 게 뻔하다. 이쯤 되면 해답은 나온 것 같다. 서로가 원하는 언어를 안다면 그렇게 하도록 노력하면 되지 않느냐. 그런데 그것이 정말 힘들고 어렵다는 것을 모르는 사람은 없을 줄 안다. 생각해보면 남편과 나는 상대방이 원하는 무엇을 주려기보다 내가 주고 싶은 것을 주려고만 해왔던 것 같다. 무엇보다 아내나 남편이 진정으로 원하는 것이 무엇인지를 고민하고 배려하는 마음일 때 소통이 이루어질 줄 안다.

친구가 남편에게서 보너스를 받았다며 밥을 사겠다고 해서 나갔다. 추어탕을 먹으면서 친구는 연신 남편 자랑에 여념이 없었다. 전문직을 가진 친구의 남편은 매월 말일에 다음 달 생활비를 입금해주는데 수시로 제법 큰 액수를 보너스로 넣어준다는 말이었다.

일단 준 다음에는 어디에 썼는지 절대 묻는 법도 없단다. 신이 난 친구는 남편이 자신을 믿으니까 생활비뿐 아니라 집안의 모든 경제권을 맡긴 것이 아니겠느냐며 은근히 자랑을 했다. 남편에게 인정받고 있다는 사실이 친구를 당당하게 만들고 있었다. 실제로 아파트를 비롯한 제법 많은 부동산도 모두 친구 명의로 되어 있다고 했다. 친구 부부는 돈에 한해서는 갈등이 없어 보였다.

한참 친구의 자랑을 듣고 있던 또 다른 친구 미라가 울화가 뻗쳐서 못 참겠다며 자신의 이야기를 쏟아놓았다.

미라의 남편은 매우 검소한 데다 절약이 몸에 밴 사람이다. 웬만해선 외출해서도 혼자 밥을 사 먹는 법이 없으며 가능하면 대중교통을 이용하려고 한다. 자신을 위해서는 거의 돈을 쓰지 않는다고 할 수 있다. 문제는 가족들 모두에게 자신의 방식을 강요하는 것이다.

미라의 남편은 지금도 자신이 경제권을 쥐고 있다. 결혼해서 지금까지 미라는 남편에게 생활비를 얻어 쓰고 있다. 그것도 한 달분씩이 아니라 매일매일 필요할 때마다 타 쓰고 있단다. 몇 년 전 딸아이 등록금을 낼 때는 속이 터져 죽는 줄 알았다며 열변을 토했다.

원래 돈 얘기만 하면 날카로워지는 남편의 성정을 아는 터라 고지서를 받아놓고도 납부마감 사흘 전에야 운을 뗐다. 그동안 남편이 보겠지 하고 화장대 위에 올려놨는데도 반응이 없어서 속이 얼마나 탔는지 말도 다 못한단다. 눈치를 보며 등록금 납부일이 내일모레라고 말했는데도 남편은 아무 말 없이 출근해버렸다. 마감일 아침까지 남편은 가타부타 말이 없었다. 결국엔 참다못한 미라가 화를 냈고 한바탕 싸움이 벌어지고 말았다. 미라가 그날의 일을 잊지 못하는 이유는 그 와중에도 남편은 전혀 미안해하기는 커녕 아내가 화를 내는 이유를 모른다는 것이었다. 미라는 자존심 때문에 말하지 못했다며 그동안의 고통을 털어놓았다.

사는 동안 미라는 반찬값과 아이들 학원비를 필요할 때마다 타 썼다. 매번 남편 눈치를 보며 생활비를 받아야 하는 자신의 처지가 초라하고 처량하게 느껴졌음은 물론이다.

가정도 운영을 하려면 계획을 세우고 그 계획에 맞춰서 꾸려가야 하는데 미라는 그 어떤 계획도 할 수 없었다. 철저히 남편의 계획대로 수행하는 것밖에 없었다. 액수가 많고 적고가 아니라 자신에게 자율성이 없다는 현실이 견디기 힘들었다. 때로 미라는 자신이 일당을 받고 일하는 가사 도우미 같다는 생각도 들었단다. 가사 도우미 같다는 생각을 하면 모멸감 때문에 자존감이 바닥으로 떨어졌다. 남편에게 어렵게 자신의 심정을 토로했지만 전혀 변화되지 않았다. 자신이 그일 때문에 얼마나 고통스러워하는지 모르는 것 같다며 미라는 끝내 눈물을 글썽였다. 남편 자랑에 여념이 없던 친구가 머쓱해하며 어쩔 줄 몰라 했다.

세계적인 영적 지도자 빌리 그레이엄 목사의 부인이 이런 말을 했다 한다. "가끔 싸운다. 그러나 이혼을 생각해보지는 않았다.

그러나 죽이고 싶었다." 부인의 말은 많은 생각을 하게 한다.

　　많은 부부들이 오랜 시간 정서적 이혼 상태를 거쳐 법적 이혼에 이르게 된다고 한다. 안타깝지만 섣불리 조언을 할 수도 없다. 열쇠는 부부간의 소통일 것 같다.

안기호, <향연 91-1>, oil on canvas, 91X91

9

사람 만나는 것이 힘들어요

대인관계

사람 만나는 것이 힘들어요

대인관계

　오래전 훤칠하게 키가 큰 남자가 억센 사투리를 쓰며 강의하는 것을 TV에서 본 적이 있다. 자세히 보지는 않았지만 배짱을 가져라, 남의눈을 너무 의식하지 마라, 인생의 주인공은 바로 나라고 생각하라, 등등이었던 것 같다. 그때 나는 건성으로 그 강의를 들으며 사람 마음이 어디 제 마음대로 되나? 하며 시큰둥해했다. 그리고 많은 세월이 지난 지금 그때의 강사가 쓴 책을 읽었다.

　책 표지에 읽는 것만으로도 치료가 된다는 문구가 있었는데 읽고 나니 과연 그 말이 맞구나 싶고 또 저자가 전문가구나 싶었다. 특히 자신이 약점이라고 고민하고 있는 부분에 대해서 약점이 아니라 장점이라고 발상을 전환시켜주는 방법은 탁월해 보였다.

　평생 동안 자신의 취약점이라고 믿어왔던 증상들이 오히려 귀한 장점이라고 말해주었을 때, 그 말을 들은 당사자는 얼마나 놀랍고 기쁠까.

소심하고 걱정이 많고 새로운 일에 지나치게 긴장하는 나는 살아가면서 부딪치게 되는 어려움들을 두려워했다. 다른 사람들은 잘 넘기는 일도 나는 그렇지 못하다. 나는 자신에게 관대하지 못하고 엄청 엄격하다. 그래서 늘 나 자신이 마음에 들지 않아서 괴롭고 힘들었다. 이 책은 이런 나에게 많은 것을 가르쳐 주었다. 결국 삶은 마라톤과 같아서 서두르지 말고 천천히, 그리고 한 발 물러서서 바라보는 여유를 가질 때 중간에 넘어지지 않고 완주할 수 있다는 말로 이해되었다.

나는 마음이 꽤 여린 편에 속한다. 다른 가게에서 부식을 사오다 아파트 단골가게 아주머니를 만나면 죄를 지은 것처럼 미안해서 어쩔 줄 모른다. 그리고는 다른 가게에 간 걸 엄청 후회한다. 상대가 묻지도 않는데 이유를 대며 변명한다. 가족들이 반찬이 맛없다고 하면 너무 괴롭다. 그뿐 아니다. 조금이라도 규율을 어기는 일이면 훨씬 심하다. 더구나 그 사소한 일들이 나와 가까운 가족과 해당되는 일이면 참을 수 없다. 그런 사소한 점 때문에 남편과 다투게 되는 경우가 종종 생긴다.

내가 신경 쓰이는 일들은 정말 많다. 나열해보면 국도를 지나면서 차창 밖으로 먹고 남은 옥수수자루를 던지는 일. 한적하거나 늦은 밤이라도 교통신호를 무시하고 위반하는 행위. 아무리 사소한 것이라도 양심의 가책 없이 습관적으로 하는 거짓말. 약속시간을 지키지 않는 무신경. 목욕탕에서 찬물을 끼얹어 놓고도 미안해하지 않는 뻔뻔스러움. 조심성 없이 큰 소리로 쩝쩝거리는 식사 버릇. 극장이나 공연장에서 휴대폰에 대고 할 말 다 하는 사람 등등. 그 밖에도 내가 견디기 힘든 사소한, 아니 내게는 큰일들은 도처에 흩어져 있다. 그런 일들로 인해 나는 많이 불편하고 화가 나고 힘들었다. 남편은 이런 나를 보고 신경이 지나치게 예민해서 모든 일에 과민하게 반응하고 따라서 상대를 불편하게 한다며 불평을 늘어놓았다. 남편이 그런 말을 하면 나는 어이가 없었다. 분명히 상대방이 잘못했는데 잘못을 지적하는 사람을 공격하다니 싶었다.

이시형의 『배짱으로 삽시다』에서 다루고 있는 증상은 대인 불안, 연단 공포, 이성 공포, 적면, 추모, 시선 공포 등 여러 가지다. 사례 중에는 이런 증세들이 다른 사람들에게 알려질까 봐 혼자서만 전전긍긍하며 고민하다 급기야는 자살까지 시도한 사람도 있었다. 얼마나 고통스러웠으면 죽음을 생각했을까, 마음이 정말 아팠다. 그중에서도 아파트 현관 앞에 모여 있는 동네 아주머니들의 시선 때문에 퇴근한 뒤에도 찻집에서 어두워질 때까지 기다렸다 간다는 이야기는 충격적이었다. 아니, 사실은 좀 어이가 없기도 했다. 그러나 다시 생각해보면 남들이 보면 별 거 아닌 사소한 일이기에 본인에게는 더 숨기고 싶을 만큼 창피하고 힘이 들었을지도 모르겠다. 누구에게도 말하지 못한 혼자만의 아픔을 터놓고 말하고 이해 받는 것만으로도 위로가 되고 치료가 될 것이다.

　순영 씨의 경우도 매우 안타까웠다. 순영 씨가 어릴 때 부모가 이혼을 하는 바람에 엄마와 언니, 이렇게 여자들 셋이 살았다. 초등학교 교사였던 엄마는 매를 들거나 욕을 하지는 않았지만 그렇다고 살가운 애정 표현을 하지도 않았다. 순영 씨는 성적도 좋았고 성격도 원만해서 친구들과의 관계도 좋은 편이었다. 문제는 중학교에 들어가서부터였다. 남녀 공학이었는데 남학생만 보면 당황해서 어쩔 줄 몰랐다. 그렇다고 그 남학생을 좋아한다거나 다른 감정이 있는 것도 아니었다. 단지 남학생이라는 이유만으로 심장이 뛰고 금방이라도 기절할 것 같았다. 그러다가도 남학생이 눈앞에서 사라지면 금방 괜찮아졌다. 스스로 생각해도 이해할 수 없었다. 남자 선생님이 수업에 들어와도 증세가 나타났다. 귀가 윙윙거리고 아무 말도 귀에 들어오지 않았다. 수업이 끝나고 선생님이 나가고 나면 무슨 수업을 했는지 아무 생각도 나지 않았다. 친구에게 고민을 털어놓을 용기도 나지 않았다. 학교를 자퇴할 생각도 해봤다. 순영 씨의 증세는 여고에 가면서 조금 나아졌다가 대학을 졸업하고 직장인이 되자 또 나타났다. 얼굴이 붉어질까 봐 남자를 피하다 보니 나이가 들 때까지 이성 친구도 없었다.
　오랫동안 고민하던 순영 씨는 그때서야 엄마에게 자신의 상태를 털어놓았다. 이야기를 들은 엄마가 많이 놀란 건 당연했다. 다행히 순영 씨는 엄마의 권유로 심리 상담을 받기 시작했고 증세는 조금씩 나아졌다. 독서치료 프로그램에 왔을 때는 남자친구가 있었고 프로그램 참여와 남자친구의 격려 덕분에 증상이 점차 완화되었다.

나에게도 남에게 말하지 못하는 고민이 있었다. 지금은 나이를 먹어 없어졌지만, 심하게 수줍음을 타서 대중들 앞에 나서지 못하는 증세였다. 그리고 조금만 당황하거나 불편해도 금방 얼굴이 붉어졌다. 그러면 빨개진 얼굴 때문에 창피해서 더욱 빨개지는 상황이 되었다. 그런 현장에서 벗어나면 내가 왜 그렇게 바보처럼 굴었던가 하고 자책하기 일쑤였다. 어릴 때는 왜 그렇게 부끄럼이 많았는지 모르겠다. 그러니 당연히 이성 앞에서는 더 심했다. 누가 말만 걸어도 부끄럽고 창피하고 가슴이 두근거리며 얼굴이 빨개졌다.

주위의 사람들이나 친구들은 그런 나를 보고 착하고 순진하다고 했다. 나는 순진하다는 말이 칭찬으로 들리지 않고 놀리는 것처럼 생각되었다. 나도 그런 내가 싫었다. 괜히 잘못한 것도 없는데 사람들 앞에서 얼굴이 빨개지는 나 자신이 어리석은 바보 같아서 속이 상했다. 그런데 참 희한한 것은 남편을 만나고 나서부터는 그런 증세가 없어지는 것을 느꼈다. 남편은 내가 얼굴이 빨개지면 홍조 띤 모습이 예쁘다고 말해주었다. 얼굴이 빨개지는 것이 결코 창피하거나 부끄러워할 일이 아니라고, 그만큼 마음이 곱고 순수해서 그렇다고 했다. 내가 문제라고 고민했던 것을 오히려 장점이라고 했다. 처음엔 그런 남편의 반응이 의아했지만 몇 번 반복해서 들으니 정말 그런가 싶어졌다. 그때서야 비로소 아, 얼굴이 빨개지는 것이 흉이나 흠이 되는 것이 아니구나 하는 생각이 들었다.

지금도 가끔 내 의지와는 상관없이 얼굴이 빨개지는 경우가 있지만 예전과는 다른 이유에서다. 나는 어느새 갱년기 증상을 겪는 나이가 되었고, 그렇기 때문에 자연스럽게 받아들여진다. 사람이 태어나서 자라고 결국 돌아가는 순리를 조금은 이해했기 때문이라고 할까. 아무튼 별 불편함 없이 잘 넘기고 있는 중이다. 이 모든 일들이 우리가 무엇이든지 잘하려고 욕심을 부렸기 때문인 것 같기도 하다. 남에게 잘 보이고, 더 잘나고, 더 부자이고 싶은 욕심들. 어쩌면 모든 고통의 근원은 과욕일지도 모르겠다.

안기호, <향연 20-1>, oil on canvas, 72.7X60.6

10

마음속에서
불이 타오르고 있다

화, 분노

마음속에서
불이 타오르고 있다

화, 분노

대단지 아파트에서 불이 났다는 뉴스를 보았다. 부부가 싸우다 남편이 기름을 붓고 불을 지른 방화 사건이었다. 불행 중 다행으로 인명 피해는 없었다고 하지만 아파트 내부는 시커멓게 불에 타서 재만 남았다. 순간의 화를 못 이겨 돌이킬 수 없는 사태를 불러온 것이다. 뉴스를 보면서 가장 걱정되는 것은 그들 부부의 자녀들이었다. 불을 지른 가장이 40대 초반이라면 자녀들이 아직 어릴 것이다. 엄마와 아빠가 서로를 죽일 듯이 물어뜯고 할퀴는 광경을 지켜보며 두려움에 얼마나 떨었을까. 어쩌면 그날의 충격은 아이가 성인이 되어서까지 나쁜 영향을 미칠지도 모른다. 불안에 떨며 지켜보고 있는 아이들을 조금만 생각했더라면 참혹한 비극은 일어나지 않았을까 하는 안타까운 마음이었다. 화는 인간의 감정 중에 가장 공격적이고 파괴적이며 충동적이다.

분식집에 들어가서 뭘 먹을까 하고 상대방에게 물었을 때 국수를 먹고 싶다 했다고 하자. 그래서 같이 국수를 먹었는데 하필이면 그날따라 국수 맛이 엉망이었다. 이때 뭘 먹을지 물었던 사람은 국수를 먹겠다고 한 사람에게 탓을 돌리고 화를 낸다. 국수 맛이 없는 것이 결코 상대방의 탓이 아닌데도 말이다. 이렇듯 화는 모든 책임을 상대에게 전가하고 자신의 잘못이나 실수는 인정하지 않을 때 훨씬 강하게 표출된다. 이는 정의로운 분노와는 거리가 멀다.

순간의 분을 이기지 못해 비극적인 결과를 가져오는 사례는 얼마든지 있다.

친구끼리 당구 게임을 하다 티격태격하던 끝에 욱하고 살인을 저지른 일도 있었다. 용돈을 적게 준다는 이유로 아버지를 무참하게 칼로 찔러 살해한 사건도 있다. 사귀던 애인이 헤어지자는 말에 앙심을 품고 여자친구의 가족을 몽땅 죽인 끔찍한 일도 있었다. 부부 싸움 끝에 아내와 아이들을 살해하고 자신도 자살한 사건도 있었다. 일일이 다 열거할 수 없을 만큼 분을 이기지 못해 생긴 사건은 이루 헤아릴 수 없을 만큼 많다. 어르신들 100명을 모아놓고 화병 있는 사람 손들어보라고 하면 아마 100명 다 손을 들지 않을까. 그만큼 고단한 인간의 삶은 끊임없이 화나는 일이 생기고 또 무한 참아야 하는 일의 연속이다. 사는 동안 가차 없이 달려드는 화를 어쩌지 못해 결국엔 마음에 병이 들고 만다. 그만큼 살아내는 일은 어렵다.

어느 스님이 화는 발정 난 야생 코끼리와 같다는 말을 했다. 화를 다스리는 것은 내 안의 호랑이를 길들이는 것과 같다는 말도 있다.

가끔 사람들로부터 어떻게 독서치료 공부를 하게 되었느냐는 질문을 받는다. 그럴 때 나는 비교적 솔직하게 대답한다. 처음 독서치료를 접하게 된 동기와 그 당시 처해 있던 상황, 형편과 심리 상태 등등. 그러면 사람들은 또 묻는다. 독서치료를 공부하고 난 현재는 그런 힘들었던 문제들이 다 해결되었느냐고. 물론 다 해결된 것은 아니다. 그러나 많은 것들이 좋은 쪽으로 바뀌었고 변화되었다고 말할 수 있다. 함께 책을 읽고 토론을 하는 가운데 위로를 얻고 치유받는 경험을 했다. 자존감이 회복되었고 부당한 요구를 정중하게 거절할 수 있을 것 같고 타인을 이해하려고 노력하게 되었다. 실제 상황은 그대로지만 마음이 긍정적으로 바뀌니 같은 상황도 훨씬 견디기 수월해졌다는 의미다.

비벌리 엔젤의 『화의 심리학』은 화는 어떤 것이며 어떻게 해결하는 것이 바람직한지 안내해준다. 화를 잘 다스린다는 것은 당사자나 타인 모두에게 해롭지 않도록 감정을 세련되게 처리하는 것이라고 말하고 있다.

이 책에서 열거한 분노 성향에는 수동적, 공격적, 수동 공격적, 적극적 등등이 있다. 이 중 나는 수동 공격적인 유형에 해당하는 것 같다. 상대의 부당한 대우나 처사에 분노하면서도 드러내 놓고 표현하지 못한다. 직설적으로 나는 지금 너 때문에 이렇게 화가 났다고 말하지 못하고 혼자 속으로만 부글부글 끓는 유형이다. 더 큰 문제는 아무리 부글거려도 대놓고 말을 하지는 못한다. 그나마 다행이라면 우회적이긴 해도 예전에 비해 절반 정도의 표현을 할 수 있게 되었다.

사람들은 어떤 경우에 화를 내게 될까. 믿었던 사람에게 배신당하거나 속았다고 느꼈을 때. 국산이라는 말을 믿고 비싸게 사온 생선이 수입산이라는 걸 알았을 때. 회식 자리에서 나보다 훨씬 많이 먹는데도 날씬한 동료를 볼 때. 맨날 빈둥거리며 노는 것 같은데 막상 시험 성적은 나보다 더 좋은 친구에게. 야근하고 와서 잠 좀 자려는데 윗집에서 쿵쾅거릴 때. 처녀 적엔 나보다 못생겼는데 남편 잘 만나서 더 예뻐진 동창 때문에. 고속도로 추월선에서 길을 막고 앞차가 천천히 갈 때. 가족이 진심을 몰라줄 때. 한 푼 두 푼 모아서 산 주식이 바닥을 칠 때 등등. 우리는 사는 동안 무수히 화를 내고 또 풀어지기도 한다.

화를 내는 데 있어서 수동 공격적인 성향의 나는 화를 내게 만든 상대방보다 스스로에게 화를 더 내게 된다. 적절한 대처를 하지 못한 자신에게 화가 나는 것이다. 반대로 모든 원인이나 이유를 타인에게 돌리는 유형도 있다. 자신은 털끝만큼도 잘못이 없다고 생각하고 어떤 상황이든 상대방에게 불같이 화를 낸다. 그럴 때 상대방은 얼마나 당황스러울까.

명자 씨는 부부 모임에 갔다 와서 남편과 싸우고 이혼했다. 남편의 고등학교 동창들과의 모임이었는데 20여 년이나 된 모임이었다. 발단은 친구 아내가 다이어트에 성공한 이야기 때문이었다. 친구 아내는 다이어트 전에도 뚱뚱한 편이 아니었는데 몰라보게 날씬해진 모습으로 나타났다. 모두들 예뻐졌다느니 아가씨 같다느니 하며 덕담을 나누었다. 문제는 집에 돌아오는 차 안에서 남편이 불쑥 내뱉은 말 때문이었다. 남편이 갑자기 당신은 그 몸을 해가지고도 아무렇지 않아? 하고 물었다. 처음엔 무슨 뜻인지 몰랐는데 생각해보니 명자 씨가 뚱뚱하다는 말이었다. 기분이 나빠진 명자 씨가 가시 돋친 말을 했고 차 안에서 일대 전쟁이 벌어지고 말았다. 서로 질세라 목청을 높여 그동안 쌓였던 불만을 가감 없이 쏟아냈다. 집에 돌아와서도 싸움은 계속됐다. 다음 날부터 두 사람은 냉전 상태로 들어갔고 급기야 명자 씨는 내가 뚱뚱해서 보기 싫으면 이혼하자며 폭탄선언을 해버렸다. 남편도 질세라 원하면 못 해줄 이유가 없다며 덜컥 도장을 찍고 말았다.

이혼 초기엔 날아갈 듯 홀가분하고 편해서 진작 이혼할 걸 그동안 참았던 게 후회되기도 했다. 매끼 식사를 챙기지 않아도 되고 어디든 가고 싶으면 언제고 갈 수 있었다. 누구도 이래라저래라 간섭하지도 않고 먹고 싶으면 먹고 자고 싶으면 잤다. 그야말로 내 맘대로였다.

그런데 시간이 지나면서 마음이 조금씩 바뀌기 시작했다. 친구들도 자신을 대하는 것이 예전 같지 않은 것 같고 부모들은 만날 때마다 한숨을 푹푹 쉬었다. 부모에게 뭔가 크게 잘못한 것 같고 누구에게도 혼자 산다는 말을 떳떳하게 하지 못했다. 속으로 아무리 괜찮다고 해도 진짜 괜찮은 건지 자신도 알 수 없었다. 그러다 언젠가부터 모든 것이 다 시들했다. 아이들에게 죄인이 된 기분이 들었고 그렇게 야속하고 밉던 남편도 보고 싶어졌다. 이제 와서 소용없겠지만 자신이 그때 너무 성급했던 것 같다며 명자 씨는 고개를 떨궜다. 화를 내는 건 순간이지만 그 대가는 오래도록 감당해야 한다.

안기호, <그대 앞에 봄이 있다 10-1>, oil on canvas, 53X45.5

11

저를 기억하기나 하세요?

사랑

저를 기억하기나 하세요?

사랑

목욕탕에서 선배 언니를 만났는데 얼굴이 영 말이 아니었다. 통통하게 보기 좋던 볼이 푹 꺼지고 근심이 가득한 눈에서는 금방이라도 눈물이 흘러내릴 것같이 보였다. 갑자기 변해버린 모습에 놀라 몸이 많이 아픈가 하고 물어보았다. 언니는 괜찮다고 하며 그보다 잠깐 이야기할 시간이 있느냐고 물었다. 목소리에도 힘이 없었다.

언니와는 학교 선배일 뿐만 아니라 어릴 적부터 오랜 세월 동안 담 하나를 사이에 둔 이웃이었다. 언니네 집에서 부침개를 부치면 담 위로 소쿠리가 넘어오고 우리 집 마당의 감이 익으면 물어보지 않고 따먹는 사이였다. 언니가 먼저 결혼을 하면서 한동안 서로 소식을 모르다가 5년 전쯤인가 우연히 슈퍼마켓에서 만났는데 알고 보니 집이 같은 아파트 단지였다.

대충 목욕을 끝내고 놀이터의 벤치에 앉았다. 아이들이 노는 모습을 바라보다 문득 그때서야 언니의 딸이 곧 결혼할 거라는 말을 들었던 기억이 났다. 딸은 성격이 차분하고 외모도 빠지지 않는 편이었다. 거기다 학교를 졸업하기도 전에 전공을 살려 직장을 얻었다. 누가 봐도 괜찮은 신붓감이었다. 딸의 안부를 물으니 언니의 표정이 일순 어두워졌다. 직감적으로 얼굴이 상한 이유가 딸 때문이었구나 싶었다. 나는 언니가 먼저 말을 꺼낼 때까지 가만히 기다렸다. 언니는 한참 만에 그간의 사정을 털어놓으며 눈물을 글썽거렸다.

선배 언니의 딸은 1년 정도 사귀던 사람이 있었는데 너그럽고 편한 성격에 안정적인 직업도 있는 데다 무엇보다 둘의 마음이 잘 맞았다고 했다. 양쪽 부모님들도 흡족해하는 분위기라 두 사람의 결혼은 기정사실로 받아들여졌다. 그런데 딸이 갑자기 사귀던 사람과 헤어지겠다고 말하더니 얼마 가지 않아 정말로 헤어져 버렸다고 했다. 이유가 무엇이냐고 아무리 물어도 그저 서로 싫어졌다고만 할 뿐 언니가 납득할 만한 대답은 하지 않더란다.

물론 사귄다고 다 결혼하는 것은 아니지만 거의 확정된 일로 믿고 있었는데 느닷없이 뒤집어 버리는 딸을 이해할 수 없었다고 했다. 거기다 언니가 식음을 전폐할 정도로 상심했던 것은 이번이 처음이 아니라 벌써 서너 번째라는 데에 있었다. 딸은 누군가와 사귀다가도 상대방이 바짝 다가오거나 결혼 말이 나올라 치면 도망치듯 일방적으로 결별을 고하고 헤어져버리곤 했단다. 놀란 딸의 남자친구가 언니를 찾아와서 마음을 돌리도록 도와달라고 사정했지만 소용이 없었다고 했다.

언니의 말을 듣고 있는데 김형경의 소설 『사랑을 선택하는 특별한 기준 1, 2』 속의 주인공 세진이 떠올랐다. 동시에 둔중한 통증이 스멀스멀 내 속에서 솟아올랐다. 책을 읽으며 세진에게서 투영되는 내 모습을 발견할 때마다 놀라고 곤혹스러워했던 기억도 함께 생각났다. 그런 때는 책을 덮어 두고 망연히 앉아있기도 했다. 나는 그때 세진과 함께 아파하고 울고 마음 졸이며 후회하고 안타까워했다. 1권을 다 읽고 나서 한동안 2권을 읽기까지 시간이 많이 걸렸다. 용기가 필요했기 때문이었다. 그러다가 어느 정도 감정이 정리되었다고 느껴졌을 때 다시 2권을 읽었다. 1권을 읽을 때보다 시간이 흐른 탓도 있었겠지만 마음이 조금 편해진 걸 느꼈다. 작품 속의 세진에게 이입되는 감정에 거리를 두려고 애쓴 덕분이었을 것이다. 그러나 완전히 분리되지는 않았다.

세진에게서 발견되는 동질감의 정체는 무엇일까 곰곰 생각해 보았다. 그녀는 누군가에게 거절당하거나 버림받을 것이 두려운 나머지 처음부터 멀리하거나 친해져도 자신이 먼저 상대를 버렸다. 사랑하지만 그 사랑이 끝까지 지켜질 것 같은 자신이 없을 때 쓰는 자기 방어의 방법이라고 한다.

가끔 첫사랑은 언제였나요 하는 질문을 받을 때가 있다. 그럴 때면 나에게 과연 첫사랑이 있었던가 하고 더듬어 보게 된다. 그렇게 기억의 갈피를 뒤지다 보면 어느 순간 딱 멈추어 서는 지점이 있다. 단발머리 아래 풀 먹인 하얀 칼라가 눈부시고 세상을 알 듯 말 듯한 두려움에 동그랗게 눈을 뜨고 있는 모습. 열다섯 살 적의 내 모습이다. 아래의 글은 몇 년 전 한 매체에 발표했던 첫사랑에 대한 글 전문이다.

사람이 느낄 수 있는 감정 중에서 사랑만큼 다양하고 복잡하며 기복이 심한 느낌이 또 있을까. 누군가는 사랑을 일종의 정신병에 해당된다고까지 말했다지만 그 역시 잘 모르겠다. 사랑을 뭐라고 하든 대수일까. 사랑은 천둥벌거숭이의 철부지를 철들게 하고, 기쁨과 슬픔을 알게 하며 가슴 졸이는 은밀한 설렘 뒤에 눈물 짓게 한다. 나도 그때 눈물을 흘렸던가?

정확하게 말하기는 어렵겠지만 만약 만나면 가슴이 터질 듯 두근거리고 볼이 홍옥처럼 붉어지며 좀 더 가까이 다가가고 싶은 마음을 사랑이라고 한다면, 분명 내 첫사랑은 중학교 2학년 때의 국어 선생님이다. 그 선생님의 시간이 되면 나는 교실 뒤에 붙어 있는 거울 앞으로 갔다. 머리를 다시 빗고 옷매무새를 가다듬는다. 괜히 얼굴을 비비다 혀를 날름 내보다 흠 흠 소리를 내보기도 했다. 그리곤 책상 위에 책과 공책을 펴놓고 얌전히 기다렸다. 수업이 시작되고 칠판에 판서를 하고 있는 선생님의 뒤통수를 바라보며 나는 무한한 공상에 빠져들었다.

상상의 내용은 대개 책이나 장미꽃 다발을 안은 선생님이 집

앞에서 나를 기다리다 불쑥 내미는 모습이었다. 그러나 상상은 언제나 가슴속에서만 맴돌 뿐 친구들이 선생님의 팔짱을 끼거나 손을 잡아도 나는 다만 멀리서 바라보기만 했다. 행여 가까이 다가가면 나의 마음이 들키기라도 할까 봐 겁이 났다.

금방 세상을 다 알아버린 것처럼 나를 철들게 했던 어설픈 첫사랑 아니 외사랑. 내 열다섯 살의 추억이다. 비록 곁에 한 번 서보지도 못했지만 그때의 나에게 선생님은 깃발이었다. 큰 나무 밑에 서있는 것처럼 든든하고 행복했다.

얼마 전, 친구로부터 선생님이 돌아가셨다는 말을 들었다. 매운 고춧가루를 마신 것처럼 목이 메고 울컥 눈물이 나왔다. 꼭 한 번 찾아뵙고 싶었는데. 그래서 제가 선생님을 좋아했어요 하고 말하고 싶었는데. 나중에, 나중에 하며 미루다 결국 만나 뵙지 못하고 말았다. 문득 그때의 선생님이 떠오른다. 마른 체구에 보통의 키. 웃을 때면 거의 일자가 되는 작은 눈. 서부 경남의 억양이 강한 사투리 말씨. 선생님 편히 가세요. 이제는 영영 만날 수 없는 나의 첫사랑을 향해 나는 오래오래 손을 흔들었다.

글에서 말했듯이 친구들이 선생님 팔짱을 끼고 공놀이를 하고 이야기를 하고 매점에서 사온 아이크림을 나눠 먹을 때도 나는 늘 멀리서 바라보기만 했다. 나도 저렇게 어울리고 싶은데 하는 생각을 하면서 말이다. 누구도 밀어내거나 내치지도 않았는데 선뜻 다가갈 수 없었다.

김형경의 『사랑을 선택하는 특별한 기준』 본문 중에 이런 대목이 있다. '살면서 만난 사람 중에 내 쪽에서 좋아하고 존경했던 사람들도 많았다. 그러나 이따금 그들의 안부가 궁금해도 내 쪽에서 먼저 전화하는 일은 없었다. 궁금해도 막상 전화를 하려면 주저하게 되었다. 지금 바쁘지 않을까, 내 전화를 반가워할까, 심지어는 나를 기억하기나 할까, 그런 생각까지 들곤 했다. 때로는 거절당할 것이 두려워 아예 시도조차 해보지 않고 포기해 버리기도 한다.'

　　이 대목에서 나도 모르게 아, 하는 비명 비슷한 소리가 튀어나왔다. 어쩌면 이렇게 똑같을까. 마치 내 이야기를 하고 있는 것 같은 기분이었다.

　　오래전 일이 생각난다. 등단하고 얼마 안 되었을 땐데 한참 위의 선배님을 찾아뵐 일이 생겼다. 전화를 먼저 드리는 것이 예의일 것 같아 수화기를 들었는데 막상 상대방의 목소리를 들으니 말이 나오지 않았다. 그래서 기껏 저 아무개라고 하는데 혹시 저를 기억하십니까? 하고 물었다. 선배는 당연히 기억할 뿐 아니라 자신은 나를 가깝게 생각하고 있다는 말까지 했다. 그리고는 그렇게 여려서 험한 세상을 어떻게 살아가겠냐며 배짱을 좀 키우라는 말도 해주었다. 허둥지둥 전화를 끊었는데 그날 하루 종일 아무 일도 손에 잡히지 않았다. 선배의 말이 줄곧 머릿속을 맴돌아서였다. 선배의 말대로 내가 여린 걸까? 아니면 바보일까 하는 생각이 떠나지 않았다.

그리고 또 하나 '사랑'에 대하여. 물론 이성 간의 사랑에 국한해서다. 내가 오래도록 이른바 '연애'라는 것에 대해 눈을 옆으로 뜨며 폄하하는 마음을 가졌던 것. 사랑 따위에 빠져 인생을 낭비하고, 열정을 소모하고, 감정을 탕진하고 싶지 않다고 생각했던 것. 세상에는 연애보다 더 소중하고 고귀한 일이 얼마든지 있으며 인간의 삶은 바로 '더 숭고한 일'을 위해 바쳐져야 한다고 믿었던 점. 융은 그것이 사랑에 대한 극단적인 방어심리라고 했다.

지금에 와서 생각해보면 상대가 이성이 아니어도 나는 누군가에게 내 마음을 고백했을 때 거절당할까 봐 차라리 포기했던 것 같다. 거절당했을 때의 비참함과 모멸감, 나는 그런 것들이 두려웠던 것이 아니었을까. 아마 그랬던 것 같다.

나는 나를 사랑하는 사람만 사랑한다는 구절이 기억난다. 사랑에 대해 소극적이고 움츠러들고 어려워하는 성향의 전형을 말하고 있는 것 같다. 이 말은 나를 좋아해주는 사람은 좋아하고 그렇지 않은 사람은 싫어한다는 의미와는 다르다고 본다. 그보다는 자존감이 낮고 너무 소심하고 사람을 어려워해서, 감히 먼저 누군가를 사랑한다고 말할 용기가 없는 사람일 것이다.

젊은 날의 나는 자신이 마음에 들지 않았다. 나도 내가 마음에 들지 않는데 누가 나를 마음에 들어 할까 하는 생각이 당시의 나를 지배하고 있었다. 어쩌면 현실의 나와 이상 속의 내가 너무 멀리 떨어져 있는 것 같은 괴리감 때문이었는지도 모른다.

좀 우스운 말일지 모르겠지만 가끔 사람들로부터 나의 외모에 대해 칭찬하는 말을 들을 때가 있다. 처음 그런 말을 들었을 때는 이 사람이 나를 놀리는 건가 하는 생각에 불쾌하기까지 했다. 심지어 무슨 꿍꿍이가 있어 사탕발림을 하나 싶은 마음에 경계심이 생기기도 했다. 그나마 요즘은 어릴 적에 비해 많이 누그러진 편이다. 10대와 20대 때는 더했다. 누군가가 나에게 호감을 표하면 마음속으로 나 같은 아이한테 관심을 가지는 걸 보니 너도 정말 별 볼 일 없는 아이겠구나 하고 지레 마음을 닫아버렸다. 내가 내 마음에 들지 않는데 타인이 마음에 들어올 리가 없었다. 오랜 시간이 지나서야 내가 그렇게 미리 겁을 먹고 달아나기에 급급했던 이유를 알게 되었다. 이유는 내가 뚱뚱해서 사람들이 싫어할 거라고 단정했기 때문이었던 것 같다.

나는 고등학교 1학년 어느 날부터 갑자기 다리가 아프기 시작했는데 원인이 뭔지도 정확한 병명도 알 수 없었다. 순례하듯 양방과 한방 여러 병원을 다녔지만 어디에서도 명쾌한 병명이 나오지 않았다. 어쩔 수 없이 병원에서 주는 대로 하루에 한 주먹씩 약을 먹었는데 문제는 무섭게 살이 찌는 것이었다. 발병 초기에는 몸무게가 45kg 정도였는데 1년 뒤에는 20kg 넘게 불어났다. 나중에는 체중계에 올라가기가 겁이 났다. 거울을 들여다보면 우람한 어깨에 달덩이같이 큰 얼굴의 내가 있었다. 감수성이 예민한 문학소녀였던 내가 아니라 미련한 뚱보가 되어 있었다. 그 순간부터였을 것이다. 내가 이 세상천지에서 제일 못생기고 뚱뚱하다는 생각을 하게 되었던 것이. 친구들이 남자친구를 소개해주겠다고 하면 지레 겁부터 났다. 나중에는 아예 말도 꺼내지 못하게 했다. 이유는 물어보나 마나 상대가 내 뚱뚱한 모습을 보면 틀림없이 실망할 거라는 생각 때문이었다. 거절당할 게 뻔한 일을 하고 싶지 않았던 것이다. 나는 그때 다리만 아팠던 것이 아니라 몸도 같이 아팠다.

　그 시절을 돌이켜 보면 나는 늘 뭔가에 화가 나 있었고 외로웠던 것 같다. 그 당시 내가 당하고 있는 일련의 일들이 부당하게 느껴졌고 그 부당함에 대적할 힘이 없다는 현실에 실망했다. 그래서 무력한 내가 싫고 더 화가 났다.

　다리가 낫고 몸무게도 원래대로 돌아왔지만 예민한 사춘기 때에 받은 상처는 쉬 지워지지 않았다. 사람 만나기를 두려워하고 내가 먼저 다가가는 일 등은 쉽게 되지 않았다.

　해결되지 못한 상처를 안고 성장한 아이는 연인도 언젠가는 제 곁을 떠날 것 같아 불안하다. 결국 불안감을 이기지 못해 먼저 이별을 고해버린다고 한다. 부모가 이혼을 하지도 않았고 일찍 사별을 하지도 않았지만 질병과 싸우고 있었던 내 마음은 세상에 혼자 남겨진 고아처럼 외로웠을 터였다.

　선배 언니는 딸이 유치원에 들어갈 무렵 남편과의 불화로 2년 정도 별거한 일이 있었는데 혹시 그 때문일까 하며 마음 아파했다. 언니는 그때 자신의 고통이 너무 커서 딸의 마음까지 살필 겨를이 없었을 것이다. 안타깝게도 중요한 일은 지나고 나서야 깨닫게 된다. 딸의 행동이 언니 때문이라고 단정할 수는 없다. 그러나

그때 만약 딸의 다친 마음을 조금이라도 돌아봤으면 지금에 와서
달라졌을까. 그랬더라면 이제 와서 저렇게 후회할 일이 생기지 않
았을지도 모르겠다.

안기호, <어디서 무엇이 되어 76-2>, Oil on canvas, 76X76

12

마음의 감기?
세상에 홀로 버려진 고립감

우울

마음의 감기?
세상에 홀로 버려진 고립감

우울

엄마가 돌아가신 지 벌써 8년이나 되었다. 진달래와 벚꽃이 만개한 4월 초였는데 이른 새벽 병원에서 연락이 왔다. 전날 늦은 밤까지 병상을 지키다 잠깐 쉬러 집에 들렀는데 그 사이에 유명을 달리하고 말았다. 위급하다는 전갈을 받고 허둥지둥 차를 타고 출발했는데 터널 앞에서 차가 꼼짝도 하지 않았다. 애가 타서 간이 녹아버리는 기분이었다. 할 수 없이 다른 가족들을 차에 두고 혼자 내려서 전철을 탔다.

가는 도중에도 쉴 새 없이 눈물이 흘러 앞이 안 보일 지경이었다. 병실에 들어가니 오빠 내외가 엄마의 주검을 둘러싸고 병상 옆에 서 있었다. 미친 듯이 뛰어 들어가서 엄마의 가슴에 손을 대 보았다. 마치 아직 죽지 않았다고 말하는 것처럼 가슴에 따뜻한 온기가 남아 있었다. 창백한 얼굴에 두 눈을 꼭 감고 있었다.

장례를 치르는 3일 동안 어찌나 울었던지 목은 쉬고 눈도 짓무른 것 같았다.

사실 엄마는 오래 살았다. 한국의 여성 평균 수명보다 10년이나 더 살았으니 장수한 편이다. 그런데 이성적으로는 오래 살았으니 그리 억울해할 것 없다면서도 마음은 그렇지 않았다. 주위에 사는 어른이 연세가 많으면 당연히 가실 때가 되었다고 생각하면서 내 엄마는 그렇게 인식하지 못했다. 아니, 어쩌면 돌아가신다는 사실을 인정하고 싶지 않았을 수도 있다.

문제는 상을 치르고 석 달쯤 지나서부터였다. 갑자기 입맛이 싹 달아나고 계속 눈물만 쏟아졌다. 이래도 울고 저래도 울고 가만히 있어도 눈물이 났다. 세상이 모두 나에게 등을 돌린 것처럼 고독하고 외롭고 슬펐다. 뚜렷하게 슬픈 이유도 없었다. 밤에는 잠도 오지 않고 때때로 살고 싶지 않다는 생각도 들었다. 순간순간 자살 충동도 일었다.

도대체 뭘 먹고 싶은 생각이 없으니 하루 종일 굶기 일쑤였다. 종일 굶은 탓에 배가 너무 고프면 한밤중에 물에 만 맨밥 한 숟가락을 갈아서 마셨다. 그래도 배고픈 줄 몰랐다.

그런 상태가 2달 정도 갔다. 지금 생각해보면 그 기간이 우울 상태였는데 그때는 깨닫지 못했다. 가족들도 엄마를 잃은 슬픔이 좀 크다는 정도로 생각했던 것 같다.

막내였던 나는 그동안 많은 것을 엄마에게 의지했다. 나이가 들어도 엄마에게 나는 영원한 막내딸이었다. 사는 동안 어려움이 생길 때마다 나는 엄마에게 도움을 청했고 그때마다 마다하지 않고 응원해주었다. 엄마를 잃은 내 마음은 세상을 다 잃어버린 거나 다름없었다. 지독한 상실감이 나에게 우울감을 가져왔고 한동안 그 속에서 헤어 나오지 못했다.

희망이 느껴지지 않는 세상은 온통 회색으로 보이고 살아야 하는 의미를 어디서 찾아야 할지 몰랐다. 그런 눈으로 사방을 둘러보면 사람들은 다 유쾌하고 재미있게 사는데 유독 나만 행복하지 못한 것 같았다. 행복하지 못하다는 생각이 나를 또 우울하게 만들었다.

얼어붙은 분노가 우울이라고 한다. 해결되지 못한 스트레스를 지속적으로 받을 때도 우울감에 빠지게 된다고 한다.

만약 가족이나 가까운 사람이 우울감으로 고통받고 있다면 어떤 약보다 깊은 관심이 필요하다. 그리고 또 하나, 사랑보다 더 좋은 처방은 없지 않을까 싶다. 설사 이루어지지 않을 지라도 희망 역시 우울한 늪 속을 탈출시켜주는 좋은 약이 될 것이다.

유명 연예인이나 정치인, 기업인들이 우울에서 빠져나오지 못하고 결국엔 죽음으로까지 스스로를 몰고 가버렸던 것을 생각하면 안타깝기만 하다.

베브 아이스베트의 『검정개 블래키의 우울증 탈출기』에는 책 뒤편에 이 책을 읽어야 될 필요가 있는 사람들을 열거해 놓았다. 거의 모든 사람이 다 해당되는 것 같았다. 결국 이 세상에 발을 딛고 사는 사람이라면 누구나 우울해본 경험이 있을 것이고 또 사람인 이상 어떻게 우울 없는 삶을 살 수 있겠나 하는 말로 이해되었다. 정말 그런 것 같다. 나 자신을 생각해봐도 기쁘고 즐거운 날보다 걱정이나 근심으로 인한 우울한 시간이 더 많았던 것 같다.

독서치료 프로그램에서 만났던 혜진 씨는 8년째 우울증을 앓고 있었다. 중학교 때 부모가 이혼했고 엄마와 오빠, 이렇게 셋이서 살았다. 프로그램에 참여했을 당시에 오빠는 결혼해서 2명의 자녀를 두었고 혜진 씨도 결혼한 상태였다. 혜진 씨는 자녀가 없었고 남편과의 사이는 고만고만하다고 했다.

혜진 씨의 우울증은 결혼 전부터 있었는데 증세가 심하지 않아 결혼하는 데 별 문제가 되지는 않았다고 한다. 연애하는 2년 동안 지금의 남편은 자상하고 다정해서 이 남자와 결혼하면 행복해지겠다 싶었단다. 그런데 뭐가 문제였는지 결혼하고 나서 나날이 우울증이 심해졌다. 따져보면 남편과의 사이에는 뚜렷한 문제가 없었다. 그런데도 극심한 우울감을 감당할 수 없었다. 한동안 끊었던 병원 상담을 하고 약도 먹기 시작했다.

그러던 어느 날 집에 혼자 있던 혜진 씨는 면도칼로 손목을 그었다. 수업시간에 소매를 걷어 보여주었는데 한 줄로 그은 자국이 선명했다. 손목을 긋는 장면이 연상되어서 나도 모르게 부르르 진저리가 쳐졌다. 혜진 씨의 말을 듣고 있던 참여자 모두 아무 말이 없었다. 프로그램을 진행하면서 나는 가급적 혜진 씨를 자극하지 않으려고 말과 표정에 신경을 썼다. 다른 참여자들도 조심하는 눈치였다.

혜진 씨의 변화가 나타난 건 독서치료 프로그램을 시작하고 4주 차였다. 처음 만났을 때는 화장기 없는 맨 얼굴에 발표할 기회가 돌아와도 거의 입을 다물고 있었다. 불안해 보였고 가끔 말하는 목소리도 떨림이 느껴졌다. 그랬는데 4주 때부터 조금씩 발표를 하고 무엇보다 화사하게 화장을 하고 왔다. 옷차림도 점점 경쾌해지고 어느 날은 참여자 숫자만큼 커피를 준비해 왔다. 그러면서 얼굴이 밝아지고 자주 웃기까지 했다. 놀라운 변화였다. 혜진 씨는 1학기가 끝나고 2학기에도 프로그램에 참여했다. 독서치료를 시작하고 20주 정도 되었을 때, 며칠 전부터 약을 끊었고 이제는 우울증에서 벗어난 것 같다고 말했다. 참여자 모두 약속한 듯 박수를 쳤다.

프로그램을 시작할 때마다 참여자들에게 부탁하는 말이 있다. 누가 어떤 말을 해도 끝까지 들어주고 비판하지 말고 서로를 지지해주자고. 사람은 누구나 한두 가지의 상처를 가지고 있다. 다른 데서는 말하지 못하는 아픔이나 때로는 부끄럽고 수치스러운 일이 있어도 이 자리에서만큼은 서로에게 지지자가 되어 주자고 강조한다. 누군가가 나에게 공감해준다고 느껴질 때, 지지받고 인정받고 있다고 생각될 때 위로를 받고 상처가 치유된다.

처음엔 마음의 문을 닫고 있던 사람도 시간이 지나면서 조금씩 변화된 반응을 보이면 아픈 상처가 치유되고 있구나 싶어 마음이 놓인다. 나 역시 상처 입은 치유자다.

안기호, <겨울바다 30-3>, oil on canvas, 90,9X65

13

나는 왜 거절하지 못할까?

일상의 벽

나는 왜 거절하지 못할까?

일상의 벽

친구들을 만났다. 한동네서 태어나 자라고 초등학교부터 고등학교까지 같이 다닌 편한 친구들이다. 함께 한 세월만큼 부모나 형제들의 사정까지 다 아는 것은 물론이고 집에 숟가락이 몇 개인지까지 꿰고 있을 만큼 가까운 관계다. 친구들은 나잇살이 자꾸 불어 걱정이라는 말을 하면서도 상추쌈에 된장 국물까지 싹싹 긁어먹고 후식까지 챙겼다.

화제는 자녀들의 학업이나 직업, 더 나아가 앞으로 어떤 배우자를 만나게 될까 하는 것까지 끝이 없었다. 그러다 오랫동안 소식이 끊긴 친구 이야기로 옮겨갔다. 남편의 사업이 어려워져 친정 식구와 이모들까지 보증을 섰는데 결국 잘못되고 말았다. 그 일 뒤에 어디론가 종적을 감추었다가 서울 근교에 살고 있다는 풍문을 들었지만 확실하지는 않다.

일이 터지고 얼마 되지 않아 친구를 만난 적이 있었는데 자신도 큰일이지만 친정식구에게까지 피해를 입힌 것이 더 가슴 아프다며 눈시울을 붉혔다. 딸 때문에 길거리에 나앉게 된 부모에게 미안해서였을 것이다. 차라리 부탁을 들어주지 말고 거절했더라면 부모라도 괜찮았을 텐데 하고 후회했지만 그때 만약 거절했다면 어땠을까. 발등에 불이 떨어진 형편이었으니 거절했다면 의절이라도 할 기세로 토라지지 않았을까.

거절을 잘 못하는 사람은 대개 그로 인해 상대와의 사이가 나빠지거나 멀어지게 될 것을 염려하기 때문이라고 한다. 하물며 가족 간에는 결코 쉽지 않았을 터이다.

나도 예외가 아니다. 거절을 잘 못 하는 성격 때문에 지금도 나는 무척 힘들다. 가고 싶지 않은데 가자고 할 때, 먹고 싶지 않은데 먹으라고 할 때 사고 싶지 않은데 사라고 할 때 등, 거절하고 싶은 일은 이루 헤아릴 수 없이 많다. 문제는 마음과는 달리 막상 누군가 부탁을 해오면 거절하지 못한다는 것이다. 마음으로는 '아니'라고 하면서 입으로는 '예'하고 있는 내가 정말 싫을 때가 많았다.

부탁을 거절하지 못해 들어주었다가 톡톡히 대가를 치른 일도 여러 번이다. 그리고는 어리석은 자신을 용서할 수 없어 혼자 머리를 쥐어뜯고 가슴을 쳤다. 거기다 한 술 더 떠서 매번 이렇게 부탁을 들어주는 나를 바보로 생각하지 않을까 하는 피해의식까지 생긴다. 한심한 것은 시간이 지나면 같은 일을 반복한다는 것이다.

특히 백화점이나 시장에서 억지로 물건을 사고 나올 때는 내가 생각해도 한심하다. 점원이 권하는 여러 물건들을 구경하다 그대로 나오기가 미안해서 마음에 들지도 않는 물건을 사고 만다. 그냥 나왔을 때 뒤통수에 꽂힐 눈총이 따가워서 어쩔 수 없이 사는 것이다. 또 있다. 누군가 밥 한 끼 같이 하자고 불러서 나갔는데 밥값은 결국 내가 내고 오는 일도 너무 많다. 대개는 먼저 만나자고 제의한 쪽에서 낸다. 그런데도 상대가 계산을 미루고 머뭇거리고 있으면 그 순간을 참지 못하고 내고 만다. 집으로 돌아오면서 후회를 하지만 같은 상황이 되면 또 그렇게 하고 만다.

159

내가 왜 이럴까 하고 생각해보면 거절해야 하는 불편한 분위기를 견디지 못해서인 것 같았다. 또 하나는 누군가의 제안이나 부탁을 거절하게 되면 미안함 때문에 다음에 만나기가 꺼려진다는 점도 크다. 아무 거리낌 없이 부탁을 잘하는 사람의 마음은 어떤 모양일까? 훅하고 들어가게 되는 스펀지의 원리다. 처음엔 살살 들어가다가 먹힌다 싶으면 훅 치고 들어가게 되는 원리와 같은 것 같다. 사람의 마음도 스펀지만큼 신축성이 있으니까.

내넷 가트렐의 『현명한 그녀는 거절하는 것도 다르다』는 거절하지 못해 고민하고 어려움을 겪는 사람들에게 흔쾌하게 해답을 준다. 부탁한 사람의 마음을 다치지 않게 하면서 내 부담도 줄일 수 있는 거절 법을 친절하게 소개하고 있다. '우물쭈물 Yes 하고 뒤돌아 후회하는 헛똑똑이들을 위한 야무진 거절 법'이라는 부제도 눈길을 끈다.

저자는 거절하지 못하는 사람들에게 묻고 있다. '늘 거절하기 전에 당신이 거절해서 잃을까 봐 두려워하는 것이 정말 가치가 있는 것인가'하고. 이를테면 고통만 주는 나쁜 남자친구와 헤어지지 못하고 있다면 그에게 그럴 만한 가치가 있는지 따져보라는 뜻이리라.

절친한 누군가가 어려운 부탁을 한다면 거절하기가 쉽지 않을 것이다. 거절해버리면 자신에게 어려운 일이 생겼을 때 누구에게 부탁해야 하나 하는 불안감도 느끼게 된다. 그래서 어쩔 수 없이 무리수를 두기도 한다. 그러나 어떤 일도 무리를 하게 되면 당연히 그 대가를 치러야 한다. 대가에 따른 손해나 후회는 어느 누구도 대신해주지 않는다. 오직 당사자 혼자 감당해내야 한다. 마음이 약하고 용기가 없는 사람은 거절 때문에 때로는 엉뚱한 거짓말을 하거나 자신이 병이 들었다는 말까지 한다고 한다. 가사 도우미를 끊지 못해 사업이 부도가 났다거나 이사를 가야 한다는 말도 한다.

고백하면 나도 그런 적이 있다. 막내를 낳고부터 1년 정도 집안일을 도와주던 도우미가 있었다. 50대 후반이었는데 20년 넘게 가사 도우미 일을 했던 경력만큼 눈치도 백단이었다. 특히 껍질을 벗긴 감자를 잘 쪄냈는데 맛이 기가 막혔다. 아이들도 도우미가 오면 감자를 먹고 싶다고 애교를 부렸다. 그런데 문제는 시간이 갈수록 일을 엉망으로 하는 것이었다. 손빨래해야 할 옷을 세탁기에 돌려 못쓰게 만들어 놓고 목욕탕 청소는 물만 뿌려 놓는 식이었다. 그런 이유들도 있었지만 결정타는 도우미가 피우는 담배 때문이었다. 갓난아기 옆에서 태연하게 담배를 피우는 모습을 더 이상 보고 있을 수는 없었다. 문제는 어떻게 무슨 말로 그만두라고 전할까 하는 고민이었다. 일자리를 잃게 될 도우미가 상처 받지 않을까 걱정도 됐다. 머리가 지끈지끈했다. 백 번쯤 망설이다 간신히 친척 언니가 도와주기로 했다고 거짓말을 했다. 걱정했던 것과는 달리 도우미는 간단하게 알았다고 했다. 당연히 해야 할 말을 못하고 오랫동안 속앓이만 하고 있었던 내가 오히려 머쓱했다. 부당하거나 하고 싶지 않은 일을 부탁받았을 때 'NO'라고 당당하고 떳떳하게, 그러나 교만하거나 건방지지 않게 예의를 지켜 말할 수 있는 사람이 건강한 정신의 소유자일 것이다.

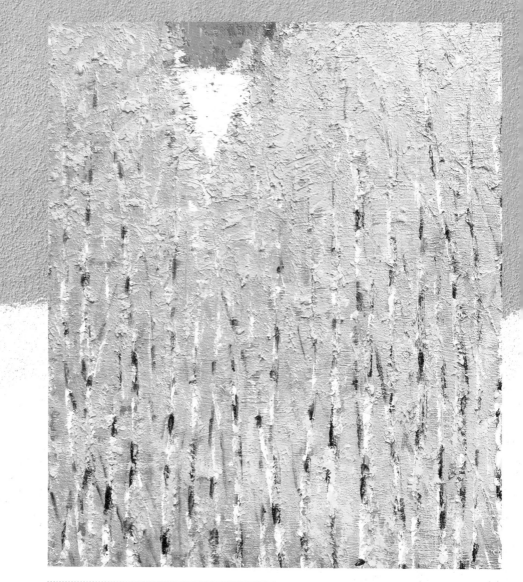

안기호, <깊어 간다 가을이 30-2>, oil on canvas, 90.9×72.7

14

왜 하필 나에게만 이런 일이

피해 의식

왜 하필 나에게만 이런 일이

피해 의식

하동에 갔다. 하동 하면 먼저 섬진강과 벚꽃이 떠오르고 재첩국과 매실도 빼놓을 수 없다. 단물이 많은 배와 대봉감도 있다. 그러나 나는 봄이면 자운영이 무성하게 피는 악양의 무덤이들과 박경리 문학관이 있는 장소로 기억한다.

휴게소마다 들러서 뜨거운 커피를 마시고 깊어가는 겨울 풍경들을 감상하며 천천히 차를 몰았다. 날씨는 추웠지만 내 마음은 어느 때보다 편하고 안전한 상태였다. 예상했던 것보다 훨씬 많은 것들을 버리고 얻어 갈 것 같은 기분 좋은 예감이 들었다.

섬진강이 바라보이는 허름한 식당에서 다슬기 탕을 먹고 숙소로 올라갔다. 문학관 뒤에 있는 집필실 중에 내가 묵을 방이 있었다.

숙소 마당에 들어서는데 털이 하얀 강아지가 쏜살같이 달려왔다. 마치 '어서 오세요.'하고 인사를 하는 것처럼 느껴져 나도 모르게 웃음이 나왔다. 나중에 알게 되었는데 강아지 이름이 평사리라고 했다.

그즈음 나는 누군가에게 이유 없이 뺨을 맞은 것 같은 당혹감에 빠져 있었다. 크게 잘못하지 않았는데 심하게 야단을 맞고 있는 기분이었다면 비유가 될까. 나에게 일어나는 일련의 일들이 부당하다는 느낌을 지울 수 없었다. 마음속으로는 왜 하필 나에게만 이런 일이 일어나는 걸까 하고 분통을 터트렸다.

아무나 붙잡고 상한 심정을 호소하고 싶었지만 뚜렷하게 드러내 놓을 만한 일이 있는 것은 아니었다. 그런데도 괴로움 때문에 혼자서 이불을 뒤집어쓰고 소리를 지르다가 주먹으로 벽을 쳐서 상처가 나기도 했다. 번잡한 거리에서 패악을 부리며 뒹굴기라도 하면 나아질까 하는 어처구니없는 생각도 했다. 미칠 것 같은 괴로움 때문에 내가 무슨 일을 저지를 것 같은 두려움까지 들었다. 결국 나는 책 두어 권을 트렁크에 싣고 섬진강을 향해 달렸다.

그날은 마침 일 년 중 가장 밤이 길다는 동지였고 다섯 시부터 어두워진 산골의 밤은 깊고 적막했다. 얼마 만에 가져보는 혼자만의 시간인지. 완벽한 자유가 느껴졌다. 가만히 눈을 감고 있으면 대나무 잎들이 서로의 몸을 비벼대며 속삭였다. 절절 끓는 방바닥에 등을 붙이고 반듯하게 누웠다가 모로 누웠다가, 앉았다가 섰다가, 뒷짐을 지고 제자리걸음을 했다. 무엇을 해도, 어떤 것을 해도 좋았다.

내 마음을 열어 해결해야 할 문제들이 무엇인지 집중해서 꺼내보았다. 사람에 대한 실망감, 상대적인 열패감, 좌절, 결핍감, 처리하지 못하고 남아있는 분노, 상실감, 세상에 대한 불만, 애증, 잃고 싶지 않은 집착과 욕망 등. 믿어지지 않을 만큼 복잡한 감정들이 내 속에 들어 있었다. 나는 그것들에게 짓눌려서 신음하고 있었고 아무도 내 신음소리에 귀 기울여 주지 않는다는 생각에 괴로워했다.

야야 헤롭스트의 『피해의식의 심리학』은 누구나 빠질 수 있는 피해자의 입장에서 벗어나는 법을 제시해준다. 본문을 인용하면 "피해의식을 가진 사람은 자신보다 우월한 힘 아래에 놓여 있다고 느끼며 그런 상황을 변화시킬 능력을 자신이 갖고 있지 않다고 믿는다. 육체적, 정서적 폭력의 지배 아래 놓여 있을수록 그리고 저항할 수 있는 가능성이 줄어들수록 피해의식은 더 심해진다."

자신이 피해자라고 생각하는 사람은 모든 불행과 고통의 원인을 타인에게 돌리며 분노한다고 한다. 그 당시 나는 부당한 대우를 받고 있다고 믿어졌으며 나에게 부당하게 하는 사람을 이길 수 없다는 생각에 절망했다.

독서치료 프로그램 진행 중에 참여자들에게 질문을 했다. 큰맘 먹고 비싼 레스토랑에 갔는데 그날따라 하필 주방장이 바뀌어서 음식 맛이 엉망이었다. 이럴 때 여러분들은 어떤 생각이 들까? 대답은 각양각색이었는데 크게 두 그룹으로 나눌 수 있었다. 긍정적인 그룹과 부정적인 그룹인데 긍정적인 사람이 더 많아서 다행

이었다. 긍정적인 사람들의 대답은 대부분 모처럼 맛있는 음식 먹
을 기대를 했는데 아쉽지만 그래도 괜찮다고 답했다. 다음에는 더
맛있다고 소문난 집에 가봐야겠다는 유쾌한 대답도 있었다. 반면
부정적인 사람의 대답은 가히 충격적이었다. 나 같은 게 맛있는
음식을 먹겠다고 생각한 자체가 잘못이다. 내가 올 줄 어떻게 알
고 주방장이 바뀌었을까. 먹을 복 없는 나 같은 인간은 언제나 이
런 꼴이다. 심지어 무슨 일이든 내가 하려고 하면 엉망이 되어버
린다는 말도 나왔다. 피해의식에 잠식된 사람의 전형을 보여주고
있었다. 부정적인 대답을 한 참여자 그룹은 다른 상황에 대해서도
비관적이었다.

　걸려온 전화를 선뜻 받지 않았던 것은 평소에 알고 있던 사촌
동생의 성격 때문이기도 하다. 한참 동안 벨이 울리는데도 받지
않고 미적거렸더니 끊어지고 말았다. 화급을 다투는 일일 수도 있
을 테지만, 느낌으로 그럴 것 같지는 않았다. 어쩌면 선뜻 받고 싶
지 않은 마음 때문에 그렇게 생각해 버리고 싶었던 건지도 모르겠
다. 동생의 입에서 어떤 말이 튀어나올지 그동안의 경험으로 충분
히 짐작이 가서였다.
　사촌동생이 침을 튀겨 가며 쏟아내는 불평들은 항상 똑같다.
내가 지금 요 모양으로 사업이 망한 것은 직원들이 무능했기 때문
이고, 사회생활에 어려움을 겪는 것은 어릴 때 부모가 원만한 성
격을 만들어주지 않아서이고, 내 자식들이 공부를 잘 못하는 것은

공교육이 바로 서지 못해서이며, 건강이 예전만 못한 이유는 말할 필요도 없이 식단을 소홀히 한 아내 때문이다. 힘들 때 두 팔 걷어붙이고 도와줄 친구를 옆에 두지 못한 이유는 식구들 먹여 살리느라 일에만 매달렸던 탓이고, 타인에게 호감을 받지 못하는 외모는 시원찮은 유전자를 물려준 조상 탓이며 갈수록 살이 찌는 것도 일이 바빠 운동할 짬을 못 내서이기 때문이다 등등.

그 외에도 동생이 열거하는 남의 탓은 얼마든지 있다. 다른 집은 괜찮은데 유독 내 집값만 오르지 않는 이유는 정부의 잘못된 정책 탓이고 중독 단계까지 왔는데도 술을 끊을 수 없는 것은 울화를 참을 수 없게 만드는 사회 분위기다. 또 있다. 지난달에 일어난 교통사고도 순전히 달리는 차를 미처 발견하지 못한 보행자 책임이고 중요한 서류를 빠뜨리고 출근하는 실수는 아내의 잔소리 때문에 정신이 없어서였다. 듣고 있으면 어이가 없다 못해 딱하고 측은하기까지 하다. 세상의 모든 사람이 다 자신에게 피해를 주고 있다고 억울해한다. 어쩌다 저 지경까지 되었나 싶어 할 말이 없고 맥이 빠진다. 최고가 되고 싶은 욕망과는 달리 마음대로 되지 않는 현실을 사회와 타인이 피해를 준다고 울화통을 터트린다.

며칠 전, 단골 과일가게에 갔는데 아주머니가 멍하니 넋을 놓고 있었다. 왜 그러냐고, 혹시 어디 아픈 데가 있느냐고 물었더니 장사가 너무 안돼서 그렇단다. 내가 약간 장난스럽게 그럼 뭘 먹고 사느냐고 묻자 빚을 내서 산다고 했다. 나는 또 그럼 나중에는 어떡할 거냐고 했더니 뜻밖의 대답이 튀어나왔다. "까짓것 종당에는 옥상에서 뛰어내리는 수밖에 없지. 이놈의 세상 있는 놈들은 좋겠지만 우리같이 없는 것들은 미련도 없다우." 하는 것이었다. 그러면서 정부와 정치가들이 나라를 잘못 운영해서 서민들이 이렇게 죽어 간다며 분개했다. 내가 놀란 이유는 아주머니의 말보다 표정 때문이었다. 무섭게 일그러진 절망적인 얼굴. 순간 정전기가 일어나듯 머리끝이 쭈뼛해졌다. 당장이라도 무슨 일을 저지를 것 같은 살벌한 분위기였다. 나도 모르게 제발 과일이 많이 팔려서 옥상에서 떨어지는 일이 생기지 않도록 해달라는 기도가 나왔다.

똑같은 상황 속에서도 유독 자신만 피해를 당한다고 느낀다면 피해의식에 빠져 있다고 볼 수 있다. 가령 길을 가고 있는데 갑자기 소나기가 쏟아지면 보통 사람들은 비를 피해 뛰거나 우산을 산다. 그런데 피해의식에 젖은 사람은 자신이 외출하니까 비가 내린다고 투덜거린다. 더 심하면 어떤 경우에도 자신만 불이익을 당하게 되어 있다고 절망한다. 이유 없이 피해를 당한다는 생각은 마음을 병들게 하고 스스로를 불행하게 만든다.

피해의식 때문에 불행하다고 느끼는 사람이라면 지금 자신의 모습 그대로를 받아들이는 훈련이 필요할 줄 안다. 자신의 문제를 스스로 해결하려는 노력과 용기도 중요할 것이다.

하동에서 지내는 일주일 동안 나는 누구와도 만나지 않고 오직 자신과만 만났다. 어린 시절의 나를 만나고 불안하고 미숙했던 청년기의 나를 만나고 나이 들어가는 지금의 나를 만났다. 그 외에도 무수히 많은 나를 만났다. 나를 만날 때마다 울기도 하고 웃기도 하고 괴로움에 머리를 쥐어뜯기도 했다. 그때는 왜 몰랐을까 하는 후회로 밤을 지새우고 어리석었던 나에게 실망해서 분노하기도 했다. 그렇게 시간이 지나면서 조금씩 내가 정리되고 있다고 느껴졌다.

부당하게 피해를 당했다고 느꼈던 그 모든 것들이 사실은 내 손에 쥐어지지 않는 욕망의 다른 이름이 아니었을까 생각했다. 집으로 돌아오기 전날 밤이었다. 여느 때와 다름없이 절절 끓는 방에 등을 대고 누워 있는데 난데없이 입에서 "좋다."라는 말이 튀어나왔다. 그리고 슬며시 미소가 지어졌다.

안기호, <portrait 10-1>, Oil on canvas, 53X45.5

15

잘못된 것은
다 당신 탓이야

성인아이

잘못된 것은
다 당신 탓이야

성인아이

한동안 소식이 끊겼던 친구로부터 연락이 왔다. 그동안 어떻게 지내는지 몰라 궁금했는데 제 쪽에서 먼저 전화를 해 와서 반가웠다. 친구와는 하루가 멀다고 만나는 각별한 사이는 아니었지만 가끔 서로의 안부를 묻는 오래된 관계였다. 그런 친구에게 내가 유난히 신경이 쓰이는 이유는 그 친구를 볼 때마다 왠지 위태롭다는 생각이 들어서였다. 그 위태롭다는 것을 꼬집어 말할 수는 없지만 뭐랄까. 이를 테면 거죽이 얇은 고무풍선에 무한정 바람을 불어넣고 있는 모습을 보고 있는 기분이라고 해야 할까. 아무튼 불안하고 안심이 되지 않았다.

내가 그렇게 여기게 된 데에는 그 친구가 항상 어떤 사안을 이야기할 때 과장하고 확대하고 지나치게 미화시키며 때로는 거짓

말도 서슴지 않는 것과 무관하지 않다. 가령 누군가 고급 승용차를 샀다고 하면 구체적으로 내 동생도 지난달에 샀는데 타봤더니 커피잔이 흔들리지 않더라고 자랑을 했다. 혹은 누가 해외여행을 갔다 왔다고 하면 자기도 갔다 왔는데 어느 호수가 환상적이었다는 식이었다. 명문학교 말이 나오면 자기 형제 중 누군가 그 학교를 나왔고 유명 오페라 공연이 있다 하면 벌써 봤다고 했다. 금방 아니라는 것이 탄로가 나도 친구의 버릇은 고쳐지지 않았다. 더구나 친구는 자신이 한 거짓말이 탄로 나도 전혀 개의치 않는 눈치였다.

사실 그대로의 자신을 인정하지 않고, 타인이 부러워할 조건이나 환경 등을 마치 제 것인 양 말했다. 그뿐만 아니라 거짓을 덮기 위하여 또 다른 거짓말을 하는 악순환을 거듭하곤 했다. 그런 그녀를 이해할 수 없었던 다른 친구들은 자연스레 그 친구와 멀어져 갔다. 결국 그 친구는 항상 외톨이로 겉돌았고 이성과의 짧은 교제도 순탄하지 못했다. 몇 번 충고를 하려고 했으나 망설이다 기회를 놓치고 말았다.

친구와는 중학교 때 알게 되어 지금까지 친구 사이를 유지하고 있었다. 친구로 지낸 지 오래되었지만 내가 그 친구에 대해서 아는 것이 별로 없다. 꽤 오랜 시간을 지내왔는데도 서로 속내를 터놓고 얘기해본 적도 없다. 비교적 나를 열어 보인 것에 비해 친구는 웬만해서는 자신에 대해 입을 열지 않았다. 처음엔 그녀의 성향을 모르고 가족과 집안 이야기를 하며 물어보기도 했지만 어느 순간 그녀가 꺼린다는 것을 눈치채고는 묻지 않게 되었다. 다른 일도 마찬가지였다.

사람과의 관계라는 것이 서로의 고통이나 단점을 드러내 보이고 나면 웬만큼은 가까워지게 되는데 친구와는 그렇지 못했다. 친구는 도무지 속내를 드러내지 않았다. 어른들에게 듣기로 친구의 어머니는 두 번째 부인이었는데 전처와의 사이가 정리되지 않은 상태로 평생을 살았다고 했다. 친구의 아버지 또한 입버릇처럼 자랑하던 것과는 달리 젊어서부터 제대로 된 직업을 가져보지 못했다. 평소에 친구가 말하던 내용과는 판이하게 달랐다.

서로 가족들의 건강과 안부를 묻고 집안의 대소사 치른 일들을 나누고 나서 친구가 잠시 머뭇거렸다. 무슨 일인가 싶었는데 반년쯤 전에 남편과 헤어졌다고 했다. 목소리는 의외로 담담했다.

나는 한동안 무슨 말을 해야 할지 몰라 가만히 있었는데 놀랍게도 마치 그렇게 될 줄 예감하고 있었다는 듯한 느낌이 들었다. 느닷없는 생각에 스스로도 놀랐지만 느낌이 바뀌지는 않았다. 전화를 끊고 생각해보니 내가 그렇게 생각이 든 데에는 그럴 만한 이유가 있었던 것 같았다.

표면상으로 그 친구는 평범한 가정에서 태어나고 자라서 결혼했다. 결혼이 보통 사람들보다 조금 늦긴 했지만 그것이 별다른 문제가 되지는 않았다고 기억한다. 한 가지 걸렸던 점은 친구가 결혼 당시 남편에 대해 전해준 여러 말들이 거의 사실과 달랐다는 것이다. 친구는 남편이 유명 대학을 나와 국내 굴지의 그룹에 다니고 있다고 했는데 알고 보니 그 모두가 거짓말이었다.

친구는 결혼할 때 주위 사람들에게 남편의 신상에 대해서만 거짓말을 한 게 아니었다. 자신의 학력이나 집안 사정 등, 중요한 문제들도 사실과 다르게 말했다고 들었다.

친구의 그런 행동들이 어처구니없고 딱해 보였지만 지켜볼 도리밖에 없었다. 어떤 겉치레도 진실을 가릴 수는 없다는 진리를 간과했기 때문이었을 것이다.

독서치료 프로그램 참여자 중에 그 친구와 꼭 닮은 여성이 있었다. 그녀 역시 친구처럼 상당 부분 자신을 과장하고 포장하고 미화시켰다. 본래의 자신을 부정하고 스스로를 가상의 인물로 만들었다.

프로그램이 상당 부분 진행되었을 때 그녀에게 조심스레 물어보았다. 자칫 아픈 곳을 건드릴까 싶어 우회해서 말을 했더니 의외로 차분하게 자신의 심정을 털어놓았다. 그녀는 열악한 환경에서 자랐는데 남들에게 자신을 포함한 주위 환경을 사실대로 말했다가 무시를 당했다고 했다. 그런 일이 있고나서부터 자신도 모르게 과장해서 말을 하게 되었는데 사람들은 실제의 자기를 무시하던 때와는 달리 포장한 자신에게는 태도가 달라지더라고 했다. 뒤틀린 자기 과시를 하며 나 아닌 딴 사람이 된 것 같은 달콤한 착각에 잘못된 행동을 반복하게 되었던 것이다. 마치 환각 속에 있다 깨어 난 사람이 눈앞의 현실을 보고 다시 환각 속으로 피해버리는 것에 비유할 수 있을 것이다. 거짓 조건이나 배경이야말로 아무런

가치가 없다는 것을 몰랐기에 그랬을 터였다. 친구나 그녀가 진작 있는 그대로의 자신이 무엇보다 당당하고 아름답다는 사실을 깨달았더라면 오랫동안 무가치한 허상에 붙들리지 않았을 것이다. 전화를 끊고 나서도 친구 생각에 한동안 마음이 무거웠다.

친구의 전화를 받고 얼마 지나지 않아 평소 알고 지내던 이웃 여성이 급하게 만나자고 했다. 밤 10시가 넘은 늦은 시각이라 전화로는 안 되겠느냐고 했더니 꼭 좀 나와 달라고 부탁을 했다. 이웃으로 지내온 그녀와는 가끔 영화도 보고 책도 돌려보는 편한 사이였는데 처음 있는 일이었다.

집 앞에 있는 찻집에 가니 모자를 쓴 그녀가 고개를 숙이고 앉아 있었다. 차 한 잔을 마시고도 한참이 지나서야 고개를 든 그녀의 얼굴을 본 순간 나는 하마터면 비명을 지를 뻔했다. 모자를 벗은 그녀의 얼굴은 온통 멍투성이였고 특히 코뼈는 부상이 심해 제 모양이 아니었다. 남편에게 맞아서 그렇게 되었다고 했다. 어쩌면 사람을 이 지경으로 만들어 놓았나 싶어 화가 나서 참을 수 없었다. 그런 중에 그녀가 꺼내 놓는 말을 듣고 있으니 더 기가 찼다. 남편의 폭력이 어제오늘 일이 아니라 신혼 초부터 지금까지 계속 이어지고 있다는 것이었다. 왜 이렇게 긴 세월 동안 바보처럼 맞고 있었느냐고 물었더니 함께 사는 시어머니 때문에 저항할 수가 없었다고 했다. 술을 먹고 들어온 남편이 그녀에게 폭력을 행사하면 시어머니는 못 본 척하는 것도 모자라 때로는 더 때리라고까지 한다는 것이었다. 시어머니이기 전에 같은 여성으로서, 말리기는 커녕 아들의 폭력을 더 부추긴다는 말이 믿기지 않았지만 사실이라고 했다. 그동안 여러 번 헤어질 생각도 했지만 자식들 때문에 참았다고 했다. 경제적인 능력이 없는 그녀가 아이들을 데리고 키울 자신도 없고 그렇다고 딸애를 폭력적인 아버지에게 맡길 수가 없었다고 하며 울음을 터트렸다. 그날은 남편의 폭력이 다른 때보다 더 심해서 그대로 있다가는 맞아 죽을 것 같아 간신히 도망쳤다고 했다. 대화를 나누는 중에도 그녀는 행여 남편이 쫓아올까봐 두려워 연신 주위를 두리번거리며 불안해했다.

그녀에게 위로가 되는 말을 해주고 싶었지만 아무 말도 나오지 않았다. 더 놀랄 일은 그녀의 남편은 자신이 잘못했다는 생각을 전혀 하지 않는다는 것이었다. 한 술 더 떠서 자신은 폭력적인 사람이 아닌데 아내가 화를 돋우어서 성질이 나빠진다며 상대를 탓한다고 했다.

최현주의 『위장된 분노의 치유』는 어느 성인아이의 자기 고백서이다. 저자는 아버지의 술심부름을 하며 성장한 어린 시절을 수치심으로 얼룩진 세월이었다고 회상하고 있다. 곳곳에 자신이 그렇게 난폭하고 비인간적이며 일그러진 심리를 가지게 된 원인은 다름 아닌 제대로 된 인성교육을 받지 못한 성장 과정에 원인이 있었다고 말하고 있다. 물론 이해되는 부분이기는 하나 왠지 그의 변명이 지나치다는 생각이 드는 것 또한 사실이다.

마지막에 저자는 자신을 감싸고 있던 모든 나쁜 기능들이 다 사라져서 이제는 아무 문제가 없는 화목하고 행복한 가정을 이루었다고 했지만, 글쎄 고개가 갸웃거려졌다.

나는 아직도 자신의 잘못된 점들을 부모와 환경 탓으로 돌렸던 저자가 마음에 걸린다. 그의 성정이 아직도 껍질을 다 벗어버리지 못한 것이 아닐까 하는 우려 비슷한 것들이다. 아내를 구타하고 집안을 지옥으로 만들어놓고 미친 듯이 날뛰면서도 자신을 '그러나 평소에는 일도 많이 도와주고 가정적이며 좋은 남편이었다.'고 하는 대목에서는 놀라지 않을 수 없었다. 이런 말도 안 되는 너무도 일방적이고 이기적인 발상이 어디 있을까 싶었다. 물론 지난 일에 대한 반성인 만큼 비난만 할 일은 아니라고 본다. 그러나 지나간 일이라고 해서, 반성했다고 해서, 있었던 일들이 몽땅 사라지고 없었던 일이 되는 것은 아니지 않을까. 이미 잘못을 인정하고 새사람이 된 사람의 과오를 붙잡고 비난하려는 것이 아니다. 그래서가 아니라 그의 가족들, 특히 아내가 겪어 냈을 고통의 세월이 너무나 마음 아파서이다.

주위에서도 저자와 같은 사람을 보게 된다. 바로 위에서 말했던 이웃 여성의 남편. 그의 아내가 나에게 고통을 호소하기 전까지는 전혀 몰랐다.

아침이면 넥타이를 맨 말쑥한 차림으로 출근을 하고 직장에서는 제법 인정받는 직원이기도 할 터이다. 친구들과의 관계도 비교적 큰 문제는 없다고 했다. 그런 그가 유일하게 비뚤어진 성정과

미성숙한 인격과 난폭한 폭행과 발작적인 행동을 드러내 보이는 상대는 그의 아내다. 왜냐하면 그의 아내가 가장 만만하고 순종적이고 온순하기 때문이다. 그가 아내에게 그렇게 막 대할 수 있는 이유는 그의 아내가 자신에 비해 약자이기 때문이다. 그는 비열하기까지 하다.

저자와 이웃 여성의 남편은 많은 부분이 닮아있었다. 그들은 똑같이 열등감이 많고 폭력적이고 자신 안에 내재된 분노를 옳은 방법으로 처리할 줄 몰랐다. 자신의 약점을 숨기고 습관적으로 거짓말을 했다. 이웃 여성의 남편은 미친 듯 폭력을 휘둘러 놓고 정신이 들면 술 때문이었으며 진심이 아니었다고 핑계를 대곤 했다. 자신이 불리하다 싶으면 두 손으로 싹싹 비는 시늉을 하며 상대방에게 동정을 얻으려 했다. 비굴하고 야비했다.

책 표지 안쪽에 저자의 가족사진이 나와 있다. 어느 봄날의 물 오른 푸른 나무들을 배경으로 찍은 사진이다. 다행인 것은 많은 상처를 받았을 터인데도 아이들의 표정이 밝다. 특히 딸아이의 표정은 꿈을 꾸고 있는 듯 아름답다. 그러나 입을 벌리고 웃고 있는 저자와는 반대로 입을 꼭 다물고 있는 아내의 표정은 그리 밝아 보이지는 않다. 책에 넣기 위해 찍은 사진이라면 이미 고통의 순간을 다 넘어섰을 때일 텐데도 그리 환해 보이지 않는 것은 무엇 때문일까. 어쨌든 저자의 벌어진 입과 대조적인 아내의 그늘진 표정이 결코 그녀의 성격이나 성향 때문만은 아닐 것 같았다.

만나면 마음이 따뜻해지고 편해지는 사람이 있는가 하면 얼굴만 봐도 불안하고 불편해지는 사람이 있다. 물론 상대방과의 관계에 따라 감정과 느낌이 달라지겠지만 특별한 이유가 없는 상태에서 전달되는 일반적인 느낌은 상대의 성향에 따른 차이가 아닐까 싶다. 사람과의 관계라는 것이 항상 좋을 수만은 없을 줄 안다. 서로에게 위로가 되고 기쁨이 되기도 하지만 때로는 깊은 상처를 입히기도 해서 다시는 부딪히고 싶지 않은 경우도 생긴다.

한 사람에게 태어나서 성장하고 성인이 되기까지에는 부모와 가정의 역할과 영향이 절대적이다. 평생을 따라다니며 영향을 미치는 가정이 건강하다면 다행이겠지만 그렇지 못하면 문제가 발생하기 쉽다. 원만하고 건강한 가정은 몸과 정신이 건강한 아이로 만들지만 그 반대는 자존감이 낮고 폭력적인 아이로 만들 가능성이 크다. 이런 아이가 자라면 몸은 어른이 되었지만 어느 한 부분, 상처 받고 치유받지 못한 정신은 어린 시절에 머물러서 자라지 않는 성인아이가 된다고 한다.

성인아이의 공통적인 특징은 열등감이 많고 이해심이 부족하며 분노조절이 안되고 폭력적이라고 한다.

아내를 때려서 멍투성이로 만든 이웃 여성의 남편이나 습관적으로 거짓말을 하는 친구는 성인아이의 전형을 보여주고 있었다.

나중에 알게 되었지만 이웃 여성의 남편은 어린 시절을 어머니의 무차별적인 폭력을 고스란히 당하며 성장했다. 시어머니는 자신의 남편과 갈등이 생기거나 기분 나쁜 일이 있으면 모든 화를 아들에게 풀었다. 결국 시어머니의 폭력은 아들에게까지 대물림되고 말았다.

그녀의 남편은 자신도 모르게 폭력에 길들여졌고 성인이 되어서 문제가 생기면 어머니와 똑같이 폭력적인 방법으로 해결하려했던 것이다. 부모의 잘못된 양육 방식에 의해 성장하는 동안 자신도 모르게 답습된 결과라고 볼 수 있겠다.

가족 중에 누군가가 이런 성향이 강하면 본인보다 주위 사람의 고통이 훨씬 크다. 대개 본인은 그런 스스로를 모른다. 원망과탓으로 반복되는 불화 때문에 가족들의 마음은 피폐해지고 절망에 빠지게 된다.

자신의 상태를 자각하고 변화되기를 원할 때 치유의 길이 열릴 줄 믿는다.

안기호, <겨울바다 30-3>, oil on canvas, 91X72,7

16

칭찬받고 싶어요

자아 찾기

칭찬받고 싶어요

자아 찾기

엄마가 요양병원에 입원해 계실 때 문병하러 갔는데 그날따라 얼굴색도 좋고 기분도 좋아 보였다. 엄마가 편해 보이니 나도 덩달아 기분이 좋아졌다. 부탁받은 안약과 음료수와 빵 등, 준비해간 것들을 사물함에 정리해 두고 다리를 주물러 드렸다. 그러고 나서 내친김에 어머니가 좋아하는 흘러간 옛 가요를 메들리로 불러드렸다.

엄마는 내가 갈 때마다 뭐니 뭐니 해도 노래가 최고다. 그러니 노래 안 불러주면 갈 생각을 마라 할 정도로 노래를 좋아했다. 그런 엄마를 위해 나는 버튼만 누르면 나오는 자판기처럼 언제라도 누르면 노래를 부를 준비가 되어 있었다. 엄마는 가슴이 터질 듯 속이 상해도 노래 서너 곡을 부르거나 듣고 나면 씻은 듯이 화가 가라앉는다고 했다. 엄마에게 노래는 어떤 보약보다 좋은 약이었다. 덕분에 나는 흘러간 옛 가요를 스무 곡 정도 꿰고 있다.

　노래가 끝나자 행복에 겨운 표정의 어머니가 불쑥 "아이고 다 늦게 씰데없는 가시나 낳았다고 했더마는 니가 없었으면 내가 우짤 뿐 했노."하고 말씀하셨다. 막내딸이 좋다는 표현인 줄은 알겠는데 그 말을 듣는 순간 왠지 서러운 기분이 들었다. 그뿐만 아니라 마치 준비하고 있었던 것처럼 "흥, 언제는 괜히 낳았다 하더니…" 하는 말이 튀어나왔다. 다 털어 버렸다고 생각했는데 늦둥이 딸로 태어났을 때 별로 환영받지 못했다는 기억이 아직도 앙금으로 남아 있었던 모양이다. 딸로 태어나든 아들로 태어나든 누구도 자신이 선택해서 성별을 결정하지는 못한다. 그런데도 어른들은 아무것도 모르고 태어난 자식들의 성별에 따라 희비가 엇갈리고 대우를 달리 한다. 내가 태어났을 때의 상황을 기억할 순 없지만 딸인 것을 확인한 엄마가 섭섭해 하는 모습은 상상할 수 있었다.

　내가 태어났을 때 할머니는 쓸데없는 계집애라고 숫제 쳐다보지도 않았다 했다. 그나마 내게 복이라면 늦은 나이에 출산했는데도 엄마의 젖이 미처 먹어 내지 못할 만큼 넘쳐나더란다. 할머니는 그것조차 계집애 배부르게 먹여서 어디다 쓸 거냐며 못마땅했다고 했다. 그런 말이 생각날 때마다 내 체질이 별로 강건하지 못한 이유가 어릴 때 눈치 젖을 먹어서 그런가 하는 유치한 생각까지 들곤 했다.

　자라면서 늘 궁금한 것이 있었는데 자신감이 넘치는 사람들을 보면 그 비결이 뭘까 하는 것이었다.

　객관적으로 따져 보면 나보다 크게 우월할 것이 없어 보이는 친구가 있었는데 항상 적극적이고 자신감에 차 있었다. 반면 나는 매사에 자신이 없고 용기도 없고, 어떤 일이든 못할 것 같아 주저했다. 예를 들면 수업시간에 선생님이 문제를 내고 답을 아는 사람 손들어보라고 했을 때 단 한 번도 손을 들어보지 못했다. 항상 팔이 반쯤 올라가다 다른 아이가 답을 말하면 그때서야 슬그머니 손을 내리며 혼잣말로 "나도 답 아는데." 하곤 했다. 어쩌면 그렇게 용기가 없었는지 답을 뻔히 알면서도 번번이 손을 올리다 말았다. 그런 성정은 아직도 남아 있어서 버스를 타거나 강연장에 가서도 습관처럼 뒷자리에 앉게 된다. 앞자리는 주목받는 것 같아 신경이 쓰이고 왠지 불편하기 때문이다.

　초등학교 시절, 매사에 당당한 그 친구 집에 놀러 간 적이 있었는데 친구의 어머니가 말끝마다 "예쁜 우리 딸, 착한 우리 딸." 하는 것이었다. 친구도 당연하게 받아들였다.

　사실 그 친구는 그렇게 예쁜 편이 아니었다. 수수한 얼굴에 성적도 중간 정도였다. 그런데도 예쁘다고 말하는 엄마나 듣는 친구가 똑같이 전혀 쑥스러워하지 않았다. 집에 돌아와서 한참 동안 생각해보았지만 그 친구가 매사에 그렇게 당당한 이유를 알 수 없었다. 시간이 많이 흐른 뒤에야 친구가 그렇게 당당할 수 있었던 이유가 어머니의 칭찬 덕이었다는 것이 깨달아졌다. 친구의 엄마는 별로 특별할 것 없는 친구를 세상에서 가장 행복하고 밝은 아이로 만들어주었던 셈이다. 그런 긍정적인 성격 덕분인지 친구는 고등학교 때 만난 남자친구와 오랜 연애 끝에 결혼해서 잘 살고 있다. 결혼할 때 남자친구의 집안에서 심한 반대가 있었다고 들었지만 친구는 슬기롭게 이기고 사랑을 얻었다. 친구가 사랑을 얻기까지는 많은 노력이 있었겠지만 어떤 것보다도 상대에 대한 믿음이 견고했기 때문일 것 같다. 장애물에 눌리지 않고 뛰어넘은 것이다. 사랑을 듬뿍 받고 자란 사람은 문제가 생겼을 때 해결하고 뛰어넘는 능력이 그렇지 못한 사람보다 월등하다고 한다. 세상과 사람을 믿고 신뢰하기 때문이다.

초등학교 5학년 때의 일이 떠오른다. 그날은 청소 당번이었는데 나를 포함한 5명은 교실 바닥을 닦는 조에 배정되었다. 그 당시는 수도 사정이 좋지 않아 걸레를 빨기 위해서는 학교 운동장 끝에 있는 수돗가까지 가야 했다. 무거운 대걸레를 빨아 낑낑거리며 교실까지 들고 오기가 여간 힘든 일이 아니었다. 그런데 나보다 훨씬 키도 크고 덩치도 좋은 아이 2명이 저희들은 앉아 놀고 있으면서 나더러 걸레를 빨아 오라고 하는 것이었다. 어쩔 수 없이 나와 체격이 비슷한 3명이 걸레를 빨아 청소를 다했다. 다른 두 명은 청소가 끝날 때까지 손가락 하나 까딱 하지 않았다.

청소하느라 힘이 들었던 3명이 그때까지 놀고 있던 아이 2명에게 불만을 표했고 방어할 틈도 없이 덩치가 제일 큰 아이의 주먹이 날아왔다. 무방비 상태의 우리들 셋은 일방적으로 얻어맞았다. 코피가 터지고 얼굴과 몸 여기저기에 시퍼렇게 멍이 들었다.

그들 둘은 우리들을 엉망으로 두들겨 패 놓고 아무 일도 없었다는 듯이 교실을 나갔다. 문제는 내가 그렇게 억울하고 분하게 얻어맞은 일을 엄마에게 말하지 못했다는 것이다. 이유는? 당연히 엄마가 무서워서였다.

나는 집에 들어가기 전에 길옆의 작은 도랑에서 깨끗이 세수를 하고 옷매무새를 가다듬었다. 그리고는 입을 오므렸다 폈다 하며 표정관리까지 하고서야 집에 들어갔다. 그리고는 내가 얻어맞았다는 사실을 엄마가 눈치 채지 못하도록 명랑하게 행동했다.

엄마에게 말하지 못했던 이유는 물론 혼날 일이 두려워서였다. 엄마는 누가 때렸건, 맞았건 일단 싸움했다는 자체에 대해 야단을 칠 게 뻔했다. 내가 얼마나 억울하고 마음이 아픈지는 별로 중요하게 여기지 않을 것 같았다. 내가 그렇게 단정 지을 수 있었던 이유는 평소 봐온 엄마의 태도 때문이었다. 그 일 이전에도 비슷한 일이 몇 번 있었다. 두고두고 생각해도 엄마가 야속하고 억울했던 일은 옆집 순남이와 싸웠을 때였다. 같이 그림 숙제를 하기로 했는데 순남이가 그만 내가 그린 그림에 물을 엎질러서 못 쓰게 만들었다. 나는 왜 조심하지 않느냐고 소극적인 항의를 했고 성격이 괄괄한 순남이가 내 말에 다짜고짜 욕을 하고 나왔다. 거기에서 끝났으면 다행이었을 텐데 내가 그만하자고 해도 적반하장 격으로 순남이가 내 머리채를 잡아당겼다. 비명 소리에 엄마와 순남이 엄마가 달려왔는데 두 엄마의 태도가 달라도 너무 달랐다. 순남이 엄마는 순남이를 안고 어디 다친 데 없는지 묻고 묻고 또 물었다. 그리고는 나를 향해 잡아먹을 듯 째려보더니 팽 하고 집으로 들어갔다. 반대로 엄마는 왜 싸웠는지 따위는 묻지도 않고 일장 훈시를 늘어놓았다. 마지막에는 내가 뭘 잘못했는지 스스로 반성하라는 반성문 숙제까지 내주었다.

엄마는 매우 이성적이고 반듯하며 엄하고 꼼꼼하고 논리적이었으며 그 나이 또래의 아주머니들에 비해 월등하게 똑똑했다. 웬만해선 실수하는 법이 없고 공중도덕을 준수했으며 예의 바르고 대가 세고 한번 약속한 일은 목에 칼이 들어와도 지켜야 한다고 했다. 물론 엄마가 나를 미워하거나 덜 사랑했다고는 생각하지 않는다. 엄마는 엄마의 방식대로 우리들을 사랑했다고 믿고 있다. 단지 엄마는 무조건 내 편이 되어 주기를 바라는 나의 속마음을 몰랐던 것 같다.

사리가 분명하고 옳고 그름을 따져 무릎을 꿇리고 훈계하는 엄마보다 좀 덜 똑똑해도 무한정 나만 예쁘게 봐주는 엄마. 반 아이에게 맞고 들어온 나를 보고 당장 달려가 때린 아이에게 팔을 걷어붙이고 분풀이를 해주는 엄마. 그리고 나에게는 아무 잘못 없다고 등을 토닥여주는 엄마. 어린 내가 바랐던 엄마는 이런 엄마가 아니었을까? 그런 연유에선지 지금까지도 나는 타인에게 부탁하거나 도움을 구하는 일이 어렵고 서툴다. 내가 만약 지금까지 독서치료를 알지 못했다면 어땠을까 하는 생각을 해보면 막막하기 짝이 없다. 여전히 나는 엄마에게 야단맞을까 봐 전전긍긍하며 힘들어하는 초등학생으로 남아 있지 않았을까.

마샤 그래드의 『동화 밖으로 나온 공주』는 자신을 사랑하는 방법을 연습하는 일에 대해 말하고 있다. 먼저 자신을 사랑해야 타인도 사랑할 수 있다는, 평범하지만 결코 쉽지 않은 일에 대해서다.

주인공인 빅토리아 공주는 매일 밤 어머니가 읽어주는 동화를 들으며 잠이 든다. 동화 속의 이야기가 현실에서도 이루어진다고 믿었던 공주. 정말 동화에서처럼 백마를 탄 왕자가 나타나고 공주는 절정의 행복을 느끼며 결혼한다. 공주가 기다려 온, 너른 가슴팍과 딱 벌어진 어깨와 칠흑 같은 검은 머리칼을 가진 왕자였기에 망설일 이유가 없었다. 그러나 공주는 이미 예비되어 있는 고난과 불행은 생각조차 하지 못했다. 왜냐하면 동화 속의 공주는, 언제나 한결같이 그 이후로도 행복했기 때문이었다. 그랬기에 빅토리아 공주의 그림자인 비키의 충고를 귓등으로 흘려버린 것은 당연한 일인지도 몰랐다.

신혼의 공주는 행복했지만 그 시간이 그리 길지는 못했다. 얼마 지나지 않아 왕자의 머릿속을 차지하고 있던 하이드 씨가 밖으로 뛰쳐나왔고 공주는 그런 왕자를 견딜 수 없었다. 공주는 최선을 다해 고민했고, 여러 가지 방법으로 노력했지만 왕자는 예전의 모습으로 돌아올 가망이 없어 보였다. 그때서야 무엇이 잘못되었는지 생각하기 시작했고 그 결과로 자아를 찾기 위한 여행을 떠난다. 험난한 여정 끝에 공주는 자신의 본래 모습이 얼마나 아름다웠던지를 알게 되고 비로소 자신의 본래 모습을 사랑하게 된다.

누구에게 보이기 위해 꾸미지 않은, 만들어지지 않은, 진정한 자아를 알게 되고 사랑하게 된 것이다.

책을 다 읽고 났을 때 내 마음에 일어나는 변화를 확연히 느낄 수 있었다. 아하, 그래서 그랬던 거구나 하고 이해되는 순간이었다. 내 의식 깊이 감춰져 있었던 상처가 비로소 위로받고 깨달아지는 통찰의 순간을 경험했다고 해야 할 것 같다. 오랫동안 풀지 못해 끙끙거리고 있던 수수께끼를 풀고 난 느낌 같기도 했다.

어렸을 적의 나는 여러 동화를 읽었지만 그것을 믿지는 않았다. 동화는 동화일 뿐이라는 생각보다는, 그런 좋은 일은 특별히 행운이 있는 사람에게만 이루어질 거라는 생각이 들어서였다. 어쩌면 그보다 나는 왕자를 맞을 자격이 없다고 생각했던 것 같기도 하다. 나는 한 번도 공주가 되는 행운을 상상해본 적이 없다. 달콤하고 말랑말랑한 동화를 읽는 맛은 기가 막혔지만 책장을 덮는 순간 나는 냉엄한 현실로 돌아왔다.

본문 중에 이런 대목이 있는데 읽으면서 마치 예전의 내 모습, 아니 아직도 남아 있을지 모르는 내 내면의 분신을 만난 것 같아 놀랍고 두려웠다.

"도대체 꽃들이 무엇에 대해 죄책감을 느낀단 말이에요?"

말도 안 된다는 듯이 공주가 물었다.

"햇빛을 쬔다는 것에 대해, 자리를 차지하고 있다는 것에 대해, 대지로부터 필요한 양분을 빨아들인다는 것에 대해."

"그런 일들에 대해 왜 죄책감을 느낀다는 말이죠?"

"자기들 생각에는 그만한 값어치가 없다고 생각하기 때문이죠."

"꽃들이 얼마나 아름답고 향기로운지 모르는 모양이군요? 꽃들 때문에 즐거운 일이 얼마나 많은데? 장미 정원에서 보낼 때면 얼마나 기분이 좋았는지 죽어도 못 잊을 거예요."

"그런데 그 꽃들은 자기들이 얼마나 소중한 존재인지 몰라요."

내 엄마는 언제나 "고까짓 2등 할라카먼 학교를 뭐 할라꼬 다니노"라고 했다. 그리고는 단 한 번도 1등을 놓치지 않았다는 당신의 소학교 시절을 무용담처럼 이야기했다. 내가 시 대항 백일장에서 장원을 해도 엄마는 기뻐하거나 칭찬해주지 않았다. 엄마의 기준은 학과 공부였기 때문에 나는 늘 엄마의 기준에 미달이었다.

자존심이 강하고 욕망이 컸던 어머니는 나뿐 아니라 형제들에게 늘 칭찬에 인색했다. 성인이 되어서야 그것이 어머니식의 자식 사랑이었다는 것을 알고 이해하기는 했지만 어릴 때는 그런 어머니가 무섭고 싫을 때도 많았다. 중학교 때는 내 엄마가 틀림없이 계모일 거라는 생각 때문에 밤잠을 설치며 괴로워하기도 했다. 2등을 인생 낙오자로 보았던 엄마로 인해 나는 늘 주눅 들고 용기가 없었다. 하나님이 선물로 주신 글 쓰는 달란트의 가치를 까맣게 잊고 있었던 것이다.

안기호, <향연 91-1>, oil on canvas, 91X91

17

어머, 뒤에서 보니
여대생 같아요

나이 든다는 것

어머, 뒤에서 보니
여대생 같아요

나이 든다는 것

콜라텍에 가 보았다. 노년의 삶을 소재로 단편 소설을 쓰기 위해 취재차 갔던 것이다. 내가 알고 있는 콜라텍은 10대들이 가는 곳이라 생각했는데 그게 아니었다. 예전과 달리 지금은 노인들의 장소로 바뀌어 있었다.

콜라텍으로 가는 길에는 들락거리는 노인들로 북적거렸다. 가끔 팔짱을 끼고 걸어가는 커플들도 눈에 띄었다. 50대 후반부터 80대까지 다양한 연령층의 노인들이었다. 카운트에 물어보니 입장료가 1,000원이고 4시간 동안 이용할 수 있는데 하루에 약 500명의 노인들이 출입한다고 했다. 그중에는 거의 매일 출근하다시피 하는 분도 있다고 했다.

문을 열고 들어가니 어두운 조명 아래 블루스를 추고 있는 노인들이 보였다. 더러는 의자에 앉아 음료수를 마시며 담소를 나누기도 했다.

어두운 실내에 눈이 익지 않아 주위를 두리번거리고 있는데 70대 중반쯤으로 보이는 남자분이 같이 춤을 추겠느냐고 물어왔다. 갑자기 묻는 말에 당황해서 춤을 못 춘다고 했더니 자기가 가르쳐 주겠다는 것이었다. 그 일을 계기로 춤은 추지 않았지만 여러 가지 이야기를 나누게 되었다.

"여기 오시면 재미있으세요?"

"재미는 무슨. 시간이나 죽이러 오는 거지."

"그럼, 댁에 계시지 왜 매일 여기 오세요?"

"집에 아무도 없으니까. 말할 사람이 없어서. 그래도 여기 오면 나하고 같은 늙은이들이 있으니까 위로가 되잖아. 늙으면 제일 필요한 것이 말동무거든."

나이를 먹는다는 것은 죽음에 가까이 다가가고 있다는 말도 된다. 젊은 시절, 삶의 한가운데서 열심히 살았지만 나이가 들면 다음 세대들에게 자리를 비켜주어야 하는 것이 순리라고 믿는다. 그것이 우주의 질서이기도 하다.

노년에 꼭 필요한 3가지가 있는데 첫째가 연골이고 둘째는 친구, 셋째가 할 일이라고 한다. 일단 연골이 튼튼해야 어디는 다닐 수 있고 친구가 없으면 고독해지고 할 일이 있어야 삶에 의미가 생긴다는 말이다.

영화 〈아무르Amour〉는 죽음의 무게를 견뎌내는 노부부의 사랑에 관한 내용이다. 음악가 부부인 그들은 콘서트 관람 등 품위와 격조 있는 삶을 살고 있었다. 그러던 어느 날, 식사 도중 갑자기 멍청해진 아내는 뇌졸중 환자가 되어버린다. 한 순간에 전혀 다른 사람이 된 것이다. 처음, 극진하고 성실하게 간호하던 남편은 점점 심해지는 아내의 병에 지쳐간다. 결국 남편은 아내의 얼굴을 쿠션으로 덮어서 질식사시키고 만다. 비극적인 결말이었다.

노후 계획은 경제적인 것만이 아니라 육체적, 정서적 마음의 무장이 필요하다. 나도 몇 년 전부터 몸이 달라지는 것을 느낀다. 돋보기를 써야 하고 손목이 시큰거리고, 높은 곳을 오를 때는 숨이 차서 몇 번씩 쉬어야 한다. 얼굴에 주름이 지고 매끈하던 턱 선은 두루뭉술해졌다. 몸뿐만 아니다. 마음도 몸 못지않다. 매사에 자신이 없어지고 나이가 들었다는 이유만으로 사람들 앞에서 위축된다. 이렇게 하면 나잇값도 못한다 할 것 같고 저렇게 하면 나이가 얼만데 할 것 같아 늘 조심스럽다. 물론 나의 소극적인 성격 탓도 있겠지만 또래들의 말을 들어보면 거기가 거기일 정도의 별 차이가 없었다.

아침 일찍 Y시인이 전화를 했다. 좋은 찻집을 발견했는데 차도 마시고 음악도 들을 겸 얼굴을 보잔다. 며칠을 몸살로 두문불출했던 터라 나오라는 말이 은근히 반가웠다. 부리나케 머리를 감고 화장을 했다. 그런데 막상 옷을 입으려고 보니 마땅치가 않았다. 긴 코트에 정장 바지는 너무 딱딱한 것 같고 가죽 재킷에 청바지를 입어보니 너무 어린 차림이었다. 갈등 끝에 '에라 모르겠다.' 하고 면바지에 모직 재킷으로 마무리를 했는데 이번에는 머리가 문제였다.

언젠가부터 옷차림과 머리 모양에 신경이 쓰였다. 예쁘거나 멋있게 보이고 싶은 것보다는 나이에 어울릴까 하는 우려 때문이었다. 한번은 급하게 외출을 했는데 쇼윈도에 비친 모습이 정신 나간 사람 같았다. 별 수 없이 볼 일도 다 못 보고 도망치듯 집으로 돌아와 버렸다.

사람은 누구나 나이를 먹지만 여성의 나이 듦은 특유의 섬세함 때문에 남성과 많이 다르다. 신체적인 변화는 물론이고 그에 따른 심리적인 변화로 인해 많은 여성들이 고통을 받는다. 상실감과 박탈감, 모험에 대한 두려움, 미래에 대한 불안, 그리고 심한 위축감 때문에 의기소침해진다. 건강 상태도 추락하듯 나빠진다.

자신의 여성성이 소멸해가는 현실을 받아들이기 어려워 억지를 써보기도 하지만 그것도 잠시, 인정하고 수용할 수밖에 없다. 아래의 시는 문정희 시인의 시 「유방」 일부이다.

패잔병처럼 두 팔 들고
맑은 달 속의 흑점을 찾아
유방암 사진을 찍는다.
…
다행히 내게도 두 개나 있어 좋았지만

오랫동안 진정 나의 소유가 아니었다.

자식들의 먹이였던 여자의 유방은 늙어 축 늘어진 지금에 와서야 온전히 자신의 차지가 되었다. 이제 늙은 여자의 유방은 누구의 관심도 돌봄도 받지 못한다.

찻집 계단을 올라가는데 Y 시인이 "어머 뒤에서 보니까 여대생 같아요." 하며 익살을 떨었다. 사탕발림인 줄 뻔히 알면서도 "다들 그렇게 봐요." 하고 능청스레 받아넘겼다.

우리나라는 이미 2000년에 65세 이상 노인인구가 7% 이상인 고령화 사회에 진입했다고 한다. 전국 인구 대비 노인인구는 2018년에 14%를 차지했고 2026년이면 노인인구가 20% 이상인 초고령 사회가 될 전망이란다. 우리나라의 고령화는 매우 빠른 속도로 진행되고 있다.

박혜란의 『나이듦에 대하여』는 여성학자 박혜란이 나이 들어가는 여성들에게 들려주는 잠언들이다. 저자는 본문에서 늙음을 맹렬히 부정하느라 정작 어떻게 늙을 것인가 준비는 하나도 못하고 있지 않는가 하고 담담하게 묻고 있다. 그렇다, 젊은 나와 나이 든 나는 결국 같은 나다.

독서치료 프로그램 수업 중에 '나이 듦' 상황 시간이 되면 참여자들에게 꼭 물어보는 말이 있다. 남은 시간을 뭘 하며 어떻게 살 것인가. 당신이 가장 좋아하고 하고 싶은 것이 무엇이냐. 그래서 그 좋아하고 하고 싶은 일을 지금 하고 있느냐. 그렇게 물으면 대부분 특별히 좋아하는 것도 없고 꼭 하고 싶은 일도 없다는 대답을 했다. 그러면 나는 지금부터라도 자신이 가장 하고 싶고 좋아하는 일이 어떤 것인지 고민하며 찾아보라고 권한다. 수명이 길어진 탓에 은퇴를 하고도 30여 년을 더 살아야 하는데 그 많은 시간을 아무 준비 없이, 계획 없이 살기엔 너무 긴 시간이다.

운동도 좋고 여행도 좋고 복지관에 나가는 것도 권할 만하다. 거기서 조금 욕심을 부린다면 내가 가지고 있는 것을 누군가에게 나눠주고 섬기며 도움을 주는 노년이야말로 참으로 아름다울 것 같다.

나이 들면서 잃는 것이 있다면 얻는 것도 많다. 무리한 욕심이나 들끓는 욕망에서 놓여난 심신은 편하고 넉넉하다. 한 발 물러서서 바라보는 세상이야 말로 그지없이 여유롭다. 생명이 얼마나 아름답고 소중한지 뼈저리게 깨닫게 되는 이 모든 것이 다 나이 듦이 주는 풍성한 선물들이리라.

늙음을 두려워하기보다는 늙음을 어떻게 보낼지 곰곰이 생각해보라고 권유하고 싶다.

안기호, <첫눈 50-1>, Oil on canvas, 116,8X91

18

세상에서 가장 어려운 일

용서

세상에서 가장 어려운 일

용서

휴일에 작은 언니 집에 갔다. 언니와는 나이 차가 많이 나는데도 각별하게 지내는 사이다. 내가 고등학교 1학년 때 결혼했는데 드레스를 입은 모습을 보고 울었던 기억이 생생하다. 한동안 서로 만나지 못해서 보고 싶기도 했지만, 그보다는 두고 온 책을 읽었는지 많이 궁금했다.

두어 달 전쯤에 언니 집 앞을 지날 일이 있었는데 그때 책 한 권을 던져두었다.

제니스 A. 스프링의 『어떻게 당신을 용서할 수 있을까』였다. 시간이 나면 한번 보라는 말을 했지만 별 기대는 하지 않았다. 그만큼 내가 보아온 언니의 마음은 책 몇 권으로는 어림없을 만큼 굳게 닫혀 있었다. 그동안 여러 번 대화를 통해 노력해보았지만 언니의 마음은 변하지 않았고 시간이 갈수록 오히려 더 단단해지는 것 같았다.

독서치료를 통해 여러 사람의 이야기를 듣게 되었는데 짐작하고 있던 대로 상처를 가장 많이 지속적으로 주는 상대는 가족이었다. 그런 탓에 상처는 더 질기고 가혹하게 당사자를 괴롭히게 된다. 상처를 주는 상대가 가족이기 때문에 고통과 상처는 훨씬 더 크다. 누구에게도 말하기 어려운, 그보다 말할 수 없어서 그럴 것이다.

언니는 4형제 중 둘째인데 엄마가 유독 자기만 홀대하고 무시하고 소외시킨다고 생각했다. 그래서 늘 엄마를 원망했고 위축감 때문에 자신이 불행하다고 호소했다. 언니는 기회만 있으면 엄마가 자신에게 얼마나 깊은 상처를 주었는지 열변을 토했다. 일례로 형제들이 같이 식사를 해도 귀하고 맛있는 것은 다른 자식들에게 밀어주고 자신에게는 맛없고 흔해빠진 것들만 놓아준다고 했다. 말 한마디를 해도 큰 딸이나 아들에게는 다정하게 하고 자신에게는 매몰차고 쌀쌀하게 쏘아붙여서 늘 주눅이 들었다고 했다. 그런 문제들로 때로는 형제들 간에 언쟁이 벌어지기도 했다. 형제들은 언니의 상처를 이해하지 못했고 언니는 아픈 마음을 몰라주는 형제들을 야속해했다.

엄마는 3년여를 요양병원에 계시다 돌아가셨다. 그동안 작은언니는 두어 번 정도 엄마를 병문안했는데 그마저도 돌아가실 즈음이었다.

언니와 엄마는 나를 통해 가끔 서로의 안부를 묻곤 했다. 언젠가 언니는 엄마가 돌아가시기 전에 옹이 진 마음을 풀어야 할 텐데 그게 잘 안 돼서 속상하다는 고백을 했다.

누군가에게 받은 상처를 해결하지 못하고 그대로 두게 되면 상대는 물론 스스로에게도 나쁜 영향을 미친다. 마음에 가득 찬 분노와 슬픔 때문에 마음은 늘 우울하고 어떤 것에도 진정한 행복이나 기쁨을 느끼지 못하게 된다고 한다. 그런 결과로 사람과의 관계 맺기에 어려움을 겪고 다시 우울감에 빠지는 일을 반복하게 된다.

집 앞 공터에서 게이트 볼 경기를 하고 있던 언니는 멀리서 나를 보고 장갑 낀 손을 흔들었다. 적당하게 그을린 얼굴이 건강하고 편안해 보였다. 언니와 나는 손을 꼭 잡고 집으로 들어갔다. 방 안에 들어갔을 때 맨 먼저 눈에 띈 것이 문갑 위에 놓인 책이었다. 책갈피에 얇은 보푸라기가 생겨 있었다. 언니가 책을 봤구나 싶어 가슴이 설레고 두근거렸다.

매실차를 나눠 마시며 이런저런 이야기 끝에 마침내 언니가 책 이야기를 꺼냈다. 『어떻게 당신을 용서할 수 있을까』를 꼼꼼하게 읽었고, 읽고 나서 마음의 변화를 느꼈다고 했다. 그런 결과로 병원에 있는 엄마에게 갔다 왔으며, 완전하지는 않지만 엄마를 이해하게 되었다고 했다. 조곤조곤 말을 하는 언니의 목소리는 차분했고 태도는 단아했다. 사람의 마음을 바꾸어 놓는 책 한 권의 위대한 힘이 느껴지는 순간이었다.

용서의 사전적인 의미는 지은 죄나 잘못을 꾸짖거나 벌하지 않고 덮어주는 것이라고 한다.

얼마나 많은 사람들이 용서하지 못해서 불행한 결말을 맺고 엄청난 사건에 휘말리는지 모른다. 남편을 용서하지 못해서, 친구를 용서하지 못해서, 정치가를 용서하지 못해서, 자신을 용서하지 못해서 등 이유는 사람 숫자만큼 많고 다양하다.

미수 씨가 평생 동안 증오하면서 용서하지 못하는 사람은 다름 아닌 외삼촌이다. 미수 씨는 중학교에 입학할 때까지 가까운 곳에 있는 외갓집에 자주 들락거렸다. 엄마가 작은 분식집을 하느라 밥도 외갓집에서 먹을 때가 많았다. 외가댁에는 할머니와 미혼인 이모, 외삼촌이 살고 있었다. 어렸던 미수 씨는 아무 스스럼없이 삼촌과 밥을 먹고 놀고 때로는 한 방에서 자기도 했다. 조금도 경계하지 않았고 어른들 또한 주의하라는 말을 하지 않았다. 그랬는데 어이없는 일이 벌어지고 말았다. 식구들이 다 외출한 일요일 한낮이었는데 삼촌이 미수 씨를 끌고 방으로 들어갔다. 그다음엔 말을 안 해도 짐작할 수 있다. 삼촌은 어린 미수 씨를 성폭행했고 한 번으로 끝나지 않았다. 삼촌은 아무에게도 말하면 안 된다고 겁을 주었고 나쁜 짓을 계속했다. 두렵고 무서워서 누구에게 말도 못하고 미수 씨는 시름시름 앓기 시작했다. 그러나 가족 중 어느 누구도 미수 씨의 고통을 짐작도 못했다. 몇 개월 뒤에 삼촌이 취직이 되어 집을 떠나면서 미수 씨는 지옥 같은 그 일에서 놓여날 수 있었다.

　미수 씨는 지금의 남편을 만나 결혼을 하고도 한동안 어릴 때의 악몽에서 헤어 나오지 못해 고통받았다. 연애시절에도 남편이 손을 잡거나 포옹을 하려고 하면 순식간에 긴장해서 몸을 움츠렸다. 미수 씨의 반응에 남편은 의아해하며 자기를 사랑하지 않는 것인가 고민하기도 했다. 결국 미수 씨는 어린 시절의 상처를 고백했고 남편의 이해와 격려로 나아질 수 있었다.

　미수 씨는 지금 남편과 아이들과 부러울 것 없이 행복하게 살고 있지만 그때를 떠올리면 도저히 용서가 안 된다며 울먹였다. 오랜 시간이 지났어도 어린 시절에 받은 상처가 너무 컸기 때문이다.

　미수 씨 같은 경우는 가해자에게 직접 사과를 받는 것이 가장 좋은 방법이다. 자신이 저지른 잘못에 대해 정중하고 솔직하게 용서를 구할 때 피해자의 상처가 치유된다고 했다. 피해자가 너무 쉽게 용서해버리는 것도 바람직한 방법은 아닐 것이다.

　언니가 감동을 받고 변화를 일으킨 책은 나도 의미 있게 읽었다. 본문 중에 수용 단계라는 대목이 있는데 나에게도 제어하기 힘든 감정에 휘둘릴 때마다 친절한 길잡이가 되어주었다. 수용은 억지로 용서하려고 하지 말고 있는 그대로의 상태를 받아들이는 것이라고 했다. 용서로 나아가는 중간 단계인 수용이야 말로 최상의 자아를 회복하는 지혜라고 가르쳐 주고 있다. 고민하지 않고 너무 쉽게 용서하지 말라는 내용도 깊이 새겨둘 필요가 있다.

안기호, <깊어 간다 가을이 30-3>, oil on canvas, 90.9×72.7

19

영원한 순환

죽음

영원한 순환

죽음

　　부모님의 산소에 갔다. 마침 휴일이라 공원묘지로 가는 길은 차량들의 행렬로 대만원이었다.

　　따뜻한 날씨 탓인지 아이들이 차창을 열어 놓고 손을 흔들었다. 알록달록한 풍선까지 들고 있는 아이들의 표정은 마치 즐거운 소풍이라도 가는 모습이었다. 하긴 얼굴도 모르는 할머니나 할아버지의 죽음을 이해하기에는 아직 너무 어려 보였다. 스쳐가는 차 안에서는 자지러지는 웃음소리가 나는가 하면 어깨라도 들썩거릴 만큼 신나는 음악도 들려왔다. 사람들은 설레는 마음으로 그동안 헤어져 있던 망자와의 만남을 기대하는 것 같았다. 묘지는 산 자와 죽은 자가 만나는 또 다른 축제의 장이기도 하다는 생각이 들었다. 한편으로는 무덤 앞에서 웃을 수 있다니, 세월의 위력과 깊어가는 망각이 무섭기도 했다.

부모님의 유택에서 내려다보니 저 멀리 시가지가 한눈에 들어왔다. 원래는 산 중턱 한 편에 외따로 떨어져 있었는데 공원묘지가 야금야금 치고 올라와 어느새 한집 마당이 되어버렸다. 이제 조금만 지나면 산 전체가 무덤으로 찰 것 같았다.

아버지의 묘는 잘 익은 보리 색깔로 보기 좋게 떼가 자라 있었다. 조금 지나면 온통 초록으로 물들겠지. 추위에 떨고 있는 아버지에게 솜 누비옷을 입혀드린 것처럼 흔연한 기분이 들었다. 나란히 곁에 누운 엄마 묘에도 소담스레 떼가 잘 자라고 있었다.

처음 아버지 묘를 썼을 때는 무슨 일인지 떼가 잘 자라지 못했다. 엄마가 살아 계실 때 몇 번이나 뗏장을 가져다 덮고 씨를 뿌려보았지만 결과는 헛수고였다. 매번 벌거벗은 민둥 묘를 보고 돌아올 때마다 마음이 좋지 않았다. 자식들의 눈을 피해 눈물을 훔쳐내며 엄마는 죄인이 된 심정이라고 했다. 더 이상 두고 볼 수만은 없었던 엄마가 어느날 깻묵을 두 자루 얻어왔다. 아픈 다리를 끌며 땡볕 속에서 한나절이나 걸려 거름을 주고 물을 뿌렸다. 그날 밤 엄마의 꿈에 나타나신 아버지가 고맙다고 했다던가. 신기하게도 그다음부터 떼가 잘 자랐다.

무덤가에 드문드문 자란 풀을 뽑아내고 있는데 진달래 한 그루가 눈에 들어왔다. 그리 크지 않은 나무는 탐스럽게 피운 꽃을 이고 있었다. 꽃잎은 금방이라도 쏟아져 내릴 듯이 흐드러졌다. 아버지를 이곳에 안치했던 날, 나뭇가지를 붙잡고 몸부림치며 울다 무덤 옆에 꽂아두었다. 무심결에 했던 일이라 처음엔 까맣게 잊고 있었는데 어느 해부턴가 가지에 잎이 나고 몽우리를 맺고 꽃을 피우는 걸 보자 기억이 났다. 나무는 올 때마다 조금씩 자라 있었다. 땅속 깊숙이 뿌리를 내렸는지 잡아당겨도 뽑히지 않았다. 마치 고집이 센 아버지의 성정을 닮은 것 같았다.

어머니의 말대로 정말 아버지의 혼이 꽃이 되어 나타난 걸까? 가족들은 한동안 그 문제를 놓고 많은 생각을 했다. 우리들이 어떻게 생각하건 말건 봄이 되면 어김없이 꽃이 피고 기다리고 있었던 듯 꽃이 졌다.

아버지가 돌아가신 햇수가 벌써 삼십 년이 넘었다. 하루에 두 갑 이상 태울 정도로 애연가이셨던 아버지는 사람들에게 무언의 교훈을 남기며 폐암으로 세상을 버렸다.

아버지가 없는 세상은 상상만 해도 무섭고 두려웠다. 아버지는 나에게 세상으로 나가는 통로였고 거친 바람을 막아주는 방패였으며 生을 알아가는 완충 지대였다. 당장이라도 고꾸라져 아버지를 따라 죽고 싶을 만큼 애달프고 슬펐다. 너무 많이 운 탓에 눈이 부어서 한동안 안경을 쓰고 다녀야 했다.

봉분을 어루만지며 나는 소리 질러 아버지 하고 불러보았다. 얼마나 오랜만에 불러보는 이름인가. 울컥 목이 메었다. 나는 다시 아버지 많이 보고 싶어요. 아버지도 저 보고 싶으시죠? 하고 말했다. 아이가 뒤에서 엄마는 차암, 그런다고 할아버지가 알아들어요? 하고 핀잔을 주었다. 나는 자신 있게 그럼, 당연히 듣고말고. 저기 진달래를 보면 할아버지가 다 보고 있다는 것을 알고 있거든. 아이는 어이없다는 표정을 지었지만 나는 다시 한번 아버지 다음에 올 때까지 잘 계세요 하고 말했다.

영화 〈원 위크One Week〉는 시한부 생명을 선고받은 주인공 벤의 이야기다. 젊은 교사인 벤은 사랑하는 약혼녀와의 결혼을 눈앞에 두고 있었다. 그러나 갑자기 닥친 불행은 한순간에 모든 것을 엉망으로 만들어버렸다. 벤은 하루빨리 입원해서 치료를 받으라는 의사의 권유를 뿌리치고 평소에 갖고 싶어 했던 모터사이클을 구해 혼자만의 여행을 떠난다. 남은 시간을 병원 침대에서 허비하고 싶지 않았던 벤의 단호한 결정이었다.

영화관을 나와서도 한동안 벤에게 사로잡혀 있었다. 문득 나에게 만약 벤과 같은 일이 생긴다면 어떻게 해야 할까 생각해보았다. 이것도 해야 할 것 같고 저것도 하고 싶을 것 같았지만 순서를 정하는 일은 쉽지 않았다.

영화에 대한 상념이 어느 정도 희미해질 무렵, 한 소설가의 부음을 접했다. 울며 전해주는 동료의 말을 듣는 순간 모처럼 느슨해져 있던 주말 기분이 일시에 달아났다. 오랫동안 투병하고 있는 줄 알고 있었지만 죽음은 전혀 예상하지 못했다. 충격 때문에 심장이 두근거리고 머리가 어지러웠다. 차를 마시거나 산책을 하는 등 그녀와 나누었던 자잘한 일상의 일들이 떠올라 마음이 아프고 슬펐다. 이튿날 그녀는 한 줌 재로 타올라 영원히 우리들 곁을 떠나갔다. 이생에서의 아픔은 다 잊고 고통 없는 세상에서 평안하기를 빌어주었다.

근래 죽음에 관한 생각을 많이 하게 된다. 물론 동료의 죽음과 감명 깊게 보았던 영화와 나이를 먹어가는 일들과 무관하지 않다. 그런 일련의 일들로 인해 죽음이란 멀리 있는 막연한 무엇이 아니라 반드시 나도 겪어야 할 과정이라는 사실을 깨달았기 때문이기도 하다.

독서치료 수업과정 중에 유서 쓰기를 한 적이 있다. 한 시간 후에 죽는다고 가정하고 각자 남기고 싶은 사람 앞으로 유서를 썼다. 막상 펜을 잡으니 오만가지 생각이 심중을 휘저었다. 생에 대한 미련과 남은 가족들에 대한 걱정과, 어이없게도 내가 죽으면 누가 얼마나 슬퍼할까 하는 생각에 이르기까지 복잡했다. 유서를 다 쓴 다음에는 자신이 읽는 순서가 있었는데 세 명의 참여자들은 북받치는 감정을 제어하지 못해 결국 중단할 수밖에 없었다. 나도 막내에게 쓴 유서를 읽으며 얼마나 울었던지 지금도 그때의 감정이 되살아나는 것 같다.

최화숙의 『아름다운 죽음을 위한 안내서』는 여러 사례들을 통해 죽음 앞에 나약해질 수밖에 없는 인간의 참모습을 재확인시켜 준다.

저자는 오랜 기간 말기 환자들을 대상으로 호스피스 활동을 해오고 있는 전문가다. 결코 호들갑을 떨거나 과장하지 않으면서 죽음을 통과하는 숭엄한 의식을 담담하게 보여준다. 죽음을 대할 때의 마음가짐이나 해야 할 구체적인 일들도 친절하게 안내하고 있다.

　죽음을 선고받은 사람들에게서 나타나는 공통적인 반응은 우선 부정이라고 한다. 뭔가 잘못되었을 거라는 생각. 그다음 분노 단계를 지나면 괜찮을 거라는 희망과 기대, 그리고 죽음에 대한 두려움과 체념 사이를 오락가락하게 된다. 이럴 때 가족들은 터무니없는 희망을 줄 게 아니라 죽음을 받아들일 수 있도록 도와주라고 조언한다. 가족들이 자신을 깊이 사랑하고 있다는 신뢰감도 도움이 된다. 죽음을 앞에 둔 사람이라면 마음이 상한 사람과 서로 용서하고 화해하는 것도 필요하다고 권한다

　사례 중에 어느 여성은 숨이 넘어가는 순간까지 죽지 않으려고 발버둥을 치다가 결국 눈을 뜨고 임종을 맞았다. 그녀가 세상을 살면서 가장 중요하게 생각한 것은 돈과 명예였다. 숨을 거두는 순간까지도 그녀는 돈과 명예를 놓지 않으려고 안간힘을 쓰느라 가족들과도 단 한마디의 인사말도 나누지 못했다. 아무리 발버둥쳐도 태어나고 죽는 순리를 거스를 수는 없었다.

　아버지와 엄마의 죽음을 옆에서 지켜보았다. 아버지는 65세에 폐암으로 돌아가셨는데 선고를 받고 2달 반 만에 돌아가셨다. 새

벽에 돌아가셨는데 그 전날 밤까지도 당신이 죽는다는 생각은 꿈에도 하지 않았던 듯하다. 와중에도 결혼한 두 언니에게 시댁 식구 눈 밖에 나지 않게 어서 가라고 하는가 하면 조기구이에 밥공기를 반이나 비웠다. 놀란 가족들에게 '내가 지금 어데 죽나' 하는 여유까지 보이며. 그러나 다음날 채 새벽하늘이 밝기도 전에 아버지는 우리들에게 영원한 이별을 고했다.

지금 생각하면 아버지에게 남은 시간을 알려 드렸어야 했다. 누구보다 당사자인 아버지가 자신에게 남은 시간을 알 권리가 있다.

그때 우리들은 아버지가 모르게 하는 것이 아버지를 위하는 길이라고 믿었다. 그래서 우리들끼리는 울다가도 아버지 앞에서는 거짓 웃음을 보였다. 자신이 곧 죽을 거라는 사실을 알면 아버지 마음이 얼마나 고통스러울까 생각했던 것이다. 얼마나 어리석었는지 모르겠다. 우리 가족이 그런 잘못된 생각을 한 탓에 아버지와 우리 가족은 작별의 인사도 제대로 나누지 못했다. 내가 얼마나 아버지를 사랑했는지도 말하지 못했고 그동안 고마웠다는 말도 하지 못했다. 두고두고 후회되는 일이다.

많은 사람들이 사회적인 명예와 돈을 좇느라 언제 찾아올지 모르는 죽음에 대해서는 예비 없이 살고 있다. 누구나 한 번 태어났듯 한 번은 죽음을 맞이하게 된다. 잘 살아야 잘 죽는다는 말이 있다.

요즘 사회적으로 논란이 되고 있는 연명치료에 대해 깊이 생각해보았다. 언제일지 알 수 없지만 나에게도 죽음은 찾아올 것이다. 나이 든 어른들의 희망대로 팔팔하게 살다가 고통 없이 죽는다면 다행한 일일 것이다. 그러나 죽음 또한 모든 세상사처럼 원하는 대로 된다는 보장은 없다. 때가 언제일지는 모르겠지만 단지 명을 이어간다는 명분으로 연명치료를 받고 싶지는 않다. 언젠가 아이들과 대화 중에 내가 만일 사고나 질병 등으로 병상에 눕게 되어도 절대 연명치료는 하지 말아 달라고 부탁했다. 아이들은 아직 먼 이야기를 뭐 하러 벌써 하느냐며 웃어넘겼다. 그러나 나는 그 어느 때보다 진지했다.

잘 죽기 위해서는 준비가 필요하다. 죽음은 언제 불쑥 찾아올지 예측할 수 없다.

안기호, <겨울이야기 30-4>, oil on canvas, 90,9X72,7

20

정신건강

마음 단속하기

정신건강

마음 단속하기

삶에 균열이 생기거나 힘이 들 때 마음을 다치는 일은 종종 생긴다. 그럴 때마다 나는 걷는다. 운동화 끈을 조여매고 한참을 걷다 보면 어느새 감당할 수 없을 만큼 무거웠던 마음의 짐도, 고통도 가벼워지는 것을 느끼게 된다. 며칠 전에도 그랬다. 차라리 이대로 죽는 게 나을 것 같다는 생각이 들 정도로 마음이 상했다. 앉지도, 서지도 못하고 안절부절 어쩔 줄 몰라 아무 생각도 떠오르지 않았다. 뭔가를 파괴하고 싶은 난폭한 감정이 나를 사로잡았다. 어떻게 해야 할지 서성이다 결국 늘 해왔던 대로 집을 나섰다.

강을 끼고 조성되어 있는 산책로에는 시민들을 위한 화장실과 운동 기구도 설치되어있다. 내가 이곳으로 이사를 오게 된 데에는 산책하기 좋은 환경도 한몫을 했다.

대개는 집에서 출발해서 왕복 1시간 정도 걷는데 그날은 꼬박 6시간을 걸었다. 물 한 모금 마시지 않고 쉬지도 않고 걸었더니 발뒤꿈치에 물집이 잡히고 살 껍질이 벗겨졌다. 덕분에 마음을 짓누르고 있던 고통은 허물처럼 벗겨져 나갔다.

산책로에는 저마다의 방식과 모양대로 운동하는 사람들로 붐볐다. 손뼉을 치며 걷는 사람, 시끄러운 음악을 틀어놓고 자전거를 타는 사람, 얼굴을 다 가리고 눈만 빼꼼하게 내놓고 달리는 사람. 나는 주먹을 쥐고 천천히 걸었다. 한참을 걷다 보니 강 한가운데서 숭어가 풀쩍 뛰어올랐다. 그 언저리에 새끼 숭어들이 떼 지어 어미 숭어를 따라 헤엄치는 모습이 보였다. 건너편에서 갈매기가 푸드덕 소리를 내며 날개를 활짝 펴고 날아올랐다. 산책로 한쪽에는 패랭이꽃이 무리 지어 만개해 있었다. 모든 생명 있는 것들이 살아있음을 온몸으로 보여주고 있었다. 그것들을 바라보고 있노라니 어느새 들끓던 마음이 가라앉고 뒤엉켰던 머릿속이 맑아지는 기분이 들었다.

식탁을 치우고 신문을 펼치자 크고 작은 사건들이 눈앞에 나타났다. 생활고를 비관한 사십 대 가장의 자살이라는 기사 제목 바로 옆에는 취직시험에 계속 낙방한 청년이 음독한 내용이 나와 있었다. 순간의 고통을 이기지 못하고 스스로 목숨을 버린 사람들이 애처롭고 안타깝다. 물론 그들을 죽음까지 몰고 간 사연은 더 이상 삶을 영위할 수 없을 만치 다급하고 절실한 문제였을 것이다. 하긴 오죽했으면 제 명을 끊을까. 실오라기만큼의 희망도 걸

수 없는 낭떠러지 위에 선 기분.

죽은 자들과 꼭 같다고 할 수는 없지만 나 역시 절망의 끝까지 가본 경험이 있다. 아니, 나뿐만 아니라 모든 사람들은 일생을 사는 동안 서너 번 정도는 죽음의 유혹에 시달리지 않을까 싶다. 다행히 대다수의 사람들은 그 늪을 빠져 나오지만 그렇지 못한 사람도 생긴다. 어떤 무기보다 무섭고 폭력적인 것이 절망이라는 괴물이기에 그렇다.

김형경의 『사람풍경』은 평소 잘 아는 지인의 소개로 보게 되었다. 본문 중 내 기억에 남은 구절은 '햇볕'이었다. 마음이 아프고 슬퍼지고 우울해지면 매운 음식을 먹고 햇볕 속을 30여 분 천천히 걸어라.

나는 한동안 그 대목에 충실하게 따랐다. 정말 마음이 아프고 슬프고 괴로울 때 매운 음식은 먹지 않더라도 햇볕 속을 천천히 걸으면 어느새 분노가 가라앉고 미움이 사라지는 것을 경험했다. 주위의 여러 사람에게 이 좋은 방법을 권했다. 권해 놓고 난 뒤에 만났을 때 역시 많은 수의 사람들이 내가 말해준 대로 해봤더니 신기할 정도로 기분이 달라지더라고 했다. 나는 지체 없이 『사람풍경』을 꼭 읽어 보라고 힘주어 권했다.

물론 이런 방법이 작가가 최초로 개발한 방법은 아닐 줄 안다. 그러나 알고는 있어도 뜻을 부여하지 못했고, 잊고 있었던 일을 깨닫게 해준 역할은 박수를 받을 만하다고 생각한다. 그리고 여러 매체를 통해 알게 된 작가가 안고 있던 고통과 마음고생들이 결국은 많은 세상 사람들에게 위로가 되는 글을 쓰게 된 밑거름이 되지 않았을까 싶다. 내가 아파 보아야 타인의 아픔을 이해할 수 있다는 평범한 진리를 확인하는 느낌이었다.

그러고는 한동안 이 책을 잊어버리고 있었는데 우연치고는 놀랍게도 딸애가 생일날 친구가 주었다며 같은 책을 선물로 받아왔다. 내가 산 책보다 표지가 한층 화사해졌고 무엇보다 작가의 사진이 바뀌어져 있었다. 자신감과 따뜻함, 그리고 무엇보다 세상의 이치를 알고 난 사람의 넉넉함 같은 것들이 느껴졌다. 사진을 펼쳐놓고 딸애에게 농담을 했다. 책이 많이 팔려서 돈이 많이 들어오니까 사람의 얼굴이 이렇게 바뀌는 것 같다고. 나는 농담이었는데 딸애가 진지하게 사람이니까 당연히 그럴 수 있지 않겠느냐고 했다. 그럴 수도 있겠다 싶었다.

나는 여러 감정들 중에 스트레스, 다른 말로 분노라고 말할 수도 있는 감정을 처리하기가 가장 어렵고 서투르다. 제대로 처리하지 못한 분노는 결국 나를 우울하게 한다. 가슴속에서는 미쳐버릴 것처럼 화가 나고 속상하면서도 겉으로는 상대방에게 티를 내지 못하는 성격 때문이다. 결국은 그 모든 화가 나를 상하게 하고 마는데도 말이다.

내게 책을 권해준 지인은 이런저런 마음의 상처가 제법 많아 보이는 사람인데, 읽고 나니 위로가 되고 아하, 그래서 그랬구나 하게 되더라고 했다. 나 역시 읽고 나니 그녀가 내게 했던 말이 이해되었다. 읽어 본 사람이면 누구나 다 느꼈겠지만 이 책은 저자의 말대로 여행이란 행위를 빌려 사람의 마음을 통찰하고 느끼고 위로해준다. 인간은 죽을 때까지 성장해야 한다고 한다. 이 점이 가장 도달하고 싶은 지점이다.

언제부터인가 아파트 상가 옆에 포장마차가 생겼다. 처음엔 무심히 지나쳤는데 어느 날 문득 호기심이 생겨 들어가 보았다. 나 혼자의 생각인지 모르겠지만 포장마차라면 적당히 부산스럽고 시끄러워야 사람 냄새가 나는 것 같아 편해진다. 그런데 비닐 커튼을 들치고 들어간 포장마차 안은 여느 집들과 달리 아주 조용했다. 손님들도 서너 명 있었는데 무슨 연유인지 다들 입을 다물고 있었다. 분위기가 그런지라 어색하고 서먹서먹하기까지 했다.

앞치마를 두르고 있는 여자에게 국수 한 그릇을 말아 달라고 주문을 했는데 도무지 대답이 없었다. 못 들었는가 싶어 재차 말했지만 역시 묵묵부답이었다. 별 희한한 사람도 다 있다 하고 돌아서 나오려는데 키가 작달막한 남자가 헐레벌떡 달려왔다. 그리고는 나를 향해 연신 미안하다고 머리를 조아리며 포장 뒤의 주방으로 들어갔다.

국수를 내온 남자가 묻지도 않은 말을 했다. 여자는 자기 아내인데 말하지도 듣지도 못한다. 두 사람 다 사십이 된 늦은 나이에 결혼하여 이제 오 년이 되었고 아이는 없다고 했다. 장사도 처음이란다. "그래도 지금은 이렇게 따라 나올 수도 있으니 그저 고맙기만 하지요. 더 고마운 것은 나쁜 일이 보태지지 않고 하나씩 줄어드니 얼마나 다행인지 모르겠어요. 그때 만약 저 사람이 죽었다면 나도 살아있지 않을 거예요." 남자의 말을 듣고 있자니 잠깐이었지만 여자의 무반응에 짜증을 냈던 것이 미안했다.

남자는 이야기하는 중에도 자주 애정 어린 눈으로 아내를 바라보았다. 두 사람이 결혼한 지 6개월 만에 아내는 교통사고를 당했고 남편은 그동안 병간호를 하느라 직장을 잃을 수밖에 없었단다. 이야기를 들으며 남자의 얼굴을 다시 한 번 쳐다보았다. 나이보다 늙어 보였지만 눈매가 선하고 맑았다. 나쁜 상황에 눌리지 않고 자기 마음을 긍정적으로 잘 단속하는 선한 사람이었다.

요즘 사람들의 가장 큰 관심분야는 아마 건강이 아닐까 싶다. 소원이 무엇이냐고 물어보면 거의가 건강이라고 대답하지 않을까. 의술이 발달하고 그에 따라 수명도 길어졌다. 70년대 이후에 출생한 사람은 앞으로 120살까지 살 확률이 높다고 한다. 그러니 남녀노소를 막론하고 건강하게 살기 위하여 운동은 꼭 필요하다고 강조한다. 운동복 차림으로 시내를 다니는 모습은 이제 너무나 익숙한 풍경들이다.

수영이나 헬스 등의 운동이 몸을 튼튼하게 만들기 위한 것이라면 명상이나 요가는 정신건강을 위한 운동이라 할 수 있을 것이다. 신체뿐 아니라 마음과 정신이 균형 있게 건강해야 완전한 건강상태라고 말할 수 있을 것이기 때문이다.

얼마 전 진주에서는 조현병을 앓는 40대 남자가 방화를 하고 흉기를 휘둘러 5명이 죽고 13명이 다치는 끔찍한 사고가 발생했다. 남자는 격리치료가 필요한 상태였던 것으로 알려졌다. 예전에도 유사한 사건은 종종 있어왔지만 이번이 가장 치명적이었던 것으로 알려졌다. 이 사건으로 시민들은 언제 또 그와 같은 사고가 생길지도 모른다는 불안감에 시달리게 되었다.

조현병의 원인은 여러 설이 있지만 어릴 때 마음의 상처와 스트레스를 제대로 해결하지 못한 것들이 잠복해 있다가 병으로 나타나는 케이스도 있다고 했다.

마음의 상처가 얼마나 무서운 결과를 가져오게 하는지 다시 한 번 생각하게 한다.

상처로 인해 왜곡된 감정이 고착된 사람은 그로인해 자신은 물론, 주위의 많은 사람들에게 해를 입히게 된다.

어떤 상황에도 흔들리지 않고 마음을 지키는 일은 정말 어렵다.

나의 서재 책장에는 제법 많은 책이 꽂혀 있다. 대부분 소설이나 시집 등의 문학 책들이다. 그중에는 어린 시절에 읽었던 세계명작전집이나 단행본의 동화책도 섞여 있다. 책들은 내 문학 인생의 동반자들이기도 하다.

그 한편에 독서치료 관련 상황별 도서를 진열해 놓은 책장이 있다. 자리가 협소해서 책은 앞으로나 위로나 여러 겹으로 포개져 있다. 한 번 읽은 책도 있고 어떤 책은 다섯 번 이상 읽은 책도 있다. 읽은 횟수는 내가 운 횟수와 비례한다. 생각해보니 정말 많이 울었다.

새로운 참여자들을 만날 때마다 속으로 다짐하는 것이 있었는데 할 수 있을 때까지 독서치료를 전파하는 전도사가 되겠다는 마음이었다. 그리고 참여자들에게 꼭 당부하는 말이 있다. 책을 꼭 사라고 권한다.

독서치료는 말 그대로 책읽기를 통한 마음치유다. 상황에 맞는 책을 읽으면서 떠오르는 느낌이나 기억들에 집중하고 생각을 나누는 방식이다. 이때 책은 없어서는 안 될 매우 중요한 매개체다. 마음 깊이 잠재해 있던 기억들을 끌어올리는 마중물과 같다.

책값이 비싸다 해도 전망 좋은 찻집의 까페라떼 2잔 값을 넘지 않는다. 새 책이 부담되면 중고라도 상관없다고 말한다.

책을 읽고 프로그램을 하고 있을 때는 뭔가 해결된 것 같지만 끝나고 나면 얼마 가지 않아 원래대로 돌아가게 된다. 우리는 한낱 사람이니까 그럴 수밖에 없다. 책은 상비약과 같아서 해결된 것 같던 문제들이 다시 난리를 칠 때 꺼내 보면 상당히 효과가 있다. 그동안 나도 여러 번 상비약을 꺼내 먹었다.

고린도후서 5장 17절 말씀에 "그런즉 누구든지 그리스도 안에 있으면 새로운 피조물이라. 이전 것은 지나갔으니 보라 새것이 되었도다."라는 말씀이 있다. 돌이켜 보면 독서치료는 내 인생의 터닝 포인트였다. 예전 것이 다 지나간 것은 아니어도 독서치료를 알기 전의 나와 알고 난 후의 나는 확연히 달라졌다고 말할 수 있다.

이 책을 읽는 독자분들도 그렇게 변화되기를 간절히 기도한다.

이른 여름비가 내리는 한낮에
김현

글 김현

부산에서 출생하고 성장했으며 십여 년 정도 서울의 성산동, 잠실, 가락동, 둔촌동 등을 떠돌며
살았다. 어린 시절부터 책 읽기와 글쓰기를 좋아했고 초등학교 5학년 때 소설가가 되겠다고 마
음먹었다. 소설을 쓰기 위해 국문과에 가고 싶었지만 여러 사정으로 좌절되고 엉뚱하게 의류학
과를 나왔다.
〈한국소설〉에 단편소설 「식탁이 있는 그림」이 당선되어 소설가 이름을 얻었다. 작품집으로 『장
미화분』과 『식탁이 있는 그림』 장편소설 『봄날의 화원』이 있다.

그림 안기호

개인전 5회, 초대전 4회, 미술대전 목우회전 특선 및 입선, 단체전 200여 회.
현재 한국미협. 신미술회. 한국인물작가회. 겸재미술대전 초대작가.
blog.daum.net/kiho

나만 아픈 게 아니었어

초판 1쇄 인쇄 2019년 6월 19일
초판 1쇄 발행 2019년 6월 28일

글쓴이 김현
펴낸이 최종숙
펴낸곳 글누림출판사

책임편집 문선희 ┃ **편집** 이태곤 백초혜 권분옥 홍혜정 박윤정
디자인 안혜진 최선주 ┃ **홍보** 박태훈 안현진

주소 서울시 서초구 동광로46길 6-6(반포4동 577-25) 문창빌딩 2층(우-06589)
전화 02-3409-2055(대표), 2058(영업), 2060(편집)
팩스 02-3409-2059 ┃ **전자우편** nurim3888@hanmail.net
홈페이지 www.geulnurim.co.kr
블로그 blog.naver.com/geulnurim
북트레블러 post.naver.com/geulnurim
등록번호 제303-2005-000038호.(2005. 10. 5.)

정가는 뒤표지에 있습니다.
ISBN 978-89-6327-566-6 03800

* 이 도서의 국립중앙도서관 출판예정도서목록(CIP)은 서지정보유통지원시스템 홈페이지(http://seoji.nl.go.kr)와
  국가자료공동목록시스템(http://www.nl.go.kr/kolisnet)에서 이용하실 수 있습니다. (CIP제어번호: CIP2019023607)